浜田文人

ハルキ文庫

角川春樹事務所

目次

序章 6
第一章 15
第二章 74
第三章 141
第四章 217
解説 杉山正人 298

【主な登場人物】

鹿取　信介　（五一）　警視庁刑事部捜査一課　強行犯三係　警部補
児島　要　（三八）　同　同　同
坂上　真也　（五〇）　警視庁刑事部捜査一課　課長　警視
星野　智史　（四二）　同　理事官　同
吉川　学　（五五）　同　強行犯一係　警部補
山村　猛夫　（四八）　同　強行犯七係　同
大竹　秀明　（五一）　警視庁公安部公安総務課　課長　警視
酒井　正浩　（四一）　同　一係　警部補
三好　義人　（四四）　関東誠和会内　三好組　組長
田中　一朗　（五二）　警察庁警備局　局長　警視監

【登場する部署と上下関係】

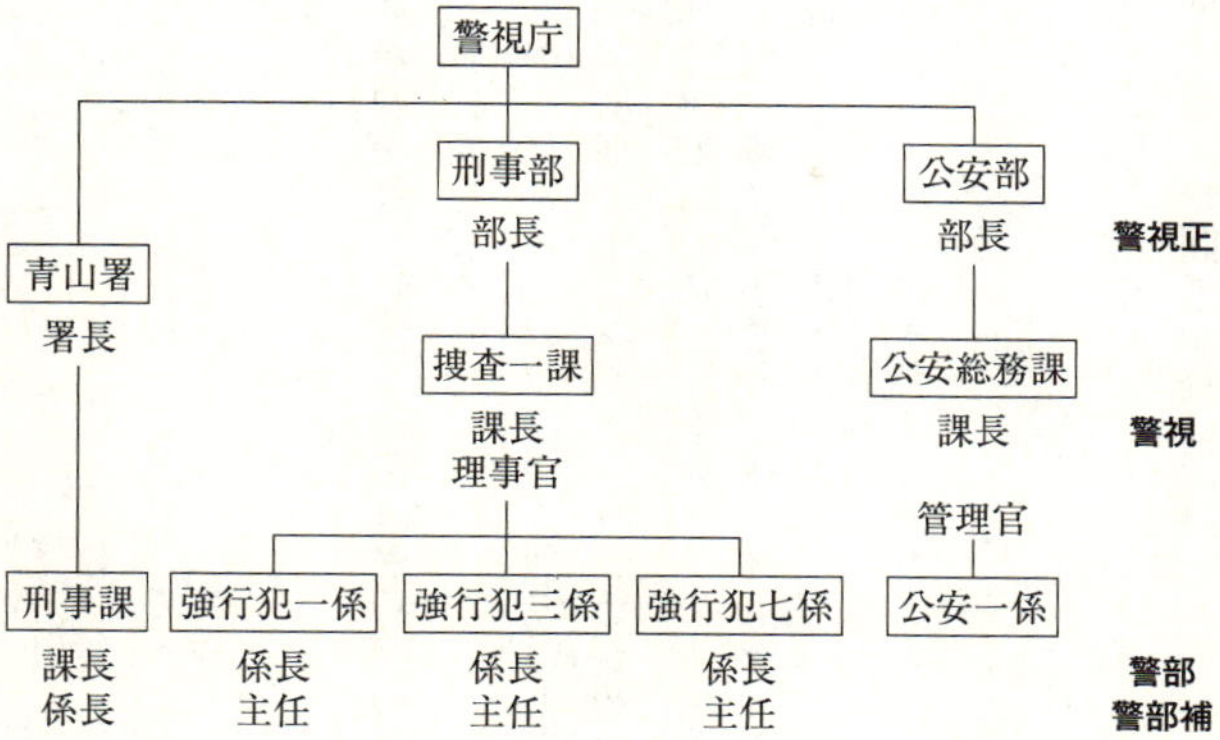

序章

部屋の片隅にロッキングチェアがある。

木の部分はニスが剝《は》がれ、レザーは汚れがめだつ。

鹿取信介《かとりのぶすけ》は、それに腰をおろした。

十畳ほどのリビングにあるのはブラウン管テレビとチェアの傍らの円形テーブルで、テーブルにはブリキの灰皿とトランジスタラジオが載っている。

手を伸ばし、ラジオにふれた。

音楽が流れだした。雑音がまじり、ベースもサックスも音が割れている。

鹿取は、煙草を喫《す》いつけ、眼をつむった。

体がゆれる感じがあって、酒を飲みたくなった。

あいつ、バーボンだったか。

ふと、思った。

——なにっ。ホタルが、消えた——

頓狂な声をあげて、一時間半が経《た》つ。

いま、ハマのホタルこと、螢橋政嗣《ほたるばしせいじ》の部屋にいる。

ロッキングチェアに座る螢橋を思い描こうとしたが、映像にはならなかった。

「さみしい部屋ですね」

声がして、眼をあけた。

隣室から戻ってきた安西亭《あんざいとおる》の顔は不安の色に染まっている。安西は神奈川県警察本部警備部公安二課の警部補で、螢橋警部の同僚である。

「むこうの部屋もパイプベッドがあるだけです」

「あいつらしいわ」

鹿取は、ぞんざいに返した。

かれこれ十年のつき合いになるが、螢橋の私生活はまるで知らない。螢橋は己の経歴や環境をいっさい語らなかったし、鹿取も訊《き》かなかった。

それでも、部屋に入ったとたん、やつのにおいは感じとった。自分と似ているようで異なる部分もなんとなくわかる気がした。

この部屋には孤独に生きる覚悟が漂っている。

疲れるだろうよ。

鹿取は、胸のうちでつぶやき、苦笑をもらした。

さっと陽が射《さ》した。

安西が白と黒のストライプのカーテンを引き開けたのだ。フローリングの床に、掃けば消えそうな光がひろがった。

「すみません。お仕事中に来てもらって」

「気にするな。見てのとおり、ひまをつぶしてた」

きょうの鹿取は、ベージュのコットンパンツとスニーカー、上は黒のトックリセーターに赤のジャンパーを着ている。

短髪の強面《こわもて》に加えて、この一年で五キロ太って体がまるくなり、おかげで周囲の女たちは、ますますやくざ者と見分けがつかなくなったとからかうようになった。

もっとも、彼女らの大半は鹿取の職業を知らない。

鹿取も彼女らの身辺には無頓着で、安西から電話がかかってきたときは、出会い系サイトで知り合った素性の知れぬ三十女と手をつなぎ、渋谷の街を散歩していた。

「それより、くわしく話せ」

鹿取は電話での長話を好まない。かつて公安刑事だったころからの習慣である。安西に泣きつかれて、JR横浜駅で待ち合わせ、港南区の高台にある住宅街へタクシーでむかった。運転手の耳を気にしたのか、安西はほとんど口をきかなかった。

安西が正面に立った。

「当直の夜、ホタルさんが思いうかんで電話をかけてみたのです。ひと月以上も顔を見てなかったので……ケータイはつながりませんでした。それが十日前で、そのあとも何度か電話したけれどつながらず、だんだん心配になって、電波を調べたのですが、まったく……微弱電波もキャッチできませんでした」

「上司はなんて言ってる」

「うちの課長は、いつもの単独捜査じゃないかと、あまり気にする様子もなくて」

「俺もそう思うぜ」

「はじめは自分も……でも、胸騒ぎがひどくなって……」

「胸騒ぎごときで、ホタルの部屋をピッキングしたのか。ばれたら殺されるぞ」

安西が口元をゆるめかけ、しかし、すぐ真顔に戻した。

「電話がつながらないのは変ですよ。着信に気づいたら連絡をくれる人です」

「あいつ、やっかいな事案をかかえてるのか」

「いえ。うちの課はいま全員が通常任務です」

「あっちに呼ばれたか」

「えっ」

「なんでもない」

螢橋はこの十数年、警察庁の幹部が指揮する特別捜査チームが編成されると、必ず召集されていた。神奈川県警本部でそれを知るのはごく一部の幹部のみで、その彼らにしても任務の内容は把握していないはずである。ときどき極秘任務を手伝っていた安西も捜査事案の内容はおしえられていなかったと思う。

「鹿取さんが最後に会ったのはいつですか」

「夏の盛りか、おわりか……そのへんだ」

「どっちにしても三か月は経ってますね」

「半年くらい会わんこともざらにある。俺もホタルも、男より女だからな」

「ホタルさんがつき合ってる女性をご存知ですか」

「知るか」

鹿取は、立ちあがって窓際に移った。

ベランダのむこうに横浜港が見える。

「ほう」

思わず声がこぼれでた。

深い青が晩秋のやわらかな陽光を吸い込んでいる。

この部屋はおまえの安息の場か。

鹿取は、ふりむいて、ロッキングチェアを見つめた。

かすかにゆれている気がしたが、やはり、螢橋の姿は思いうかばなかった。

海風に乗って、女のがなり声が耳に届いた。

安西がベランダの縁に手をかけ、路上をのぞき見た。部屋から脱走した飼い猫を心配するような顔をしている。

「世のなかはハプニング解散であわただしいというのに……」

「心配するな。選挙がおわったころ、ひょっこり戻ってくるさ」

「そうだといいのですが」

マイクの音量がおおきくなった。

安西の不安をあおるかのように、女が叫んでいる。

児島要《こじまかなめ》は、六畳の和室の床の間に置かれた仏壇を睨《にら》みつけていた。

仏像や位牌はなく、中央にシンボルマークと筆で記した文字がある。

見覚えのあるマークだ。

「どうして」

視線をそらさずに言った。

背後から妻の洋子《ようこ》の声が聞こえた。

「だって、結婚して十年も経つのに、まだ子どもを授かれないのよ。お医者さんの話ではあなたもわたしも体に欠陥はないそうだし……」

「だからと言って、こんないかがわしい新興教団に入信することはないだろう」

「いかがわしいだなんて、ばちがあたるわ」

「俺は警察官だ。女房が新興教団にはまってることがばれたら白い眼で見られる」

「そんなのおかしいよ」

洋子が語気を荒らげた。

児島は妻と向き合った。

なおも洋子が口をとがらせる。

「警察官にだって信教の自由はあるはずだわ」

「新興教団はだめだ。あすにでも仏壇を返してこい」

「いや」

洋子が両手で拳をつくり、体ごと怒りをあらわにした。

「おとうさんの病気だっていっこうに回復しないのよ。きっと、なにかがあるんだわ」

義父の久保《くぼ》勝彦《かつひこ》は七十歳になったことしの五月、脳梗塞で倒れた。

さいわい発症後の処置が早く大事には至らなかったが、いまも左半身は不自由だ。医者の診断では半年ほどのリハビリで日常生活に支障をきたさないくらいまでには回復できるとのことだったが、まだ介護ヘルパーの世話になっている。義父は頑固者で、児島が同居を勧めても、義母の墓に近い自宅をでようとはしない。

「だれに吹き込まれた」

「関係ないでしょ。わたしが仏様にすがったのよ」

「子宝に恵まれる神社に参ろう。おとうさんのことは、病院を変えてみよう」

「むだよ。わたしがまじめに信心すれば、必ずいい結果がでるわ」

「だまされるな」

「そんなこと、よく言えるわね。あなたに原因があるのかもしれないのよ」

「どういう意味だ」

「刑事なんて仕事をしてるから、きっと大勢の人に怨《うら》まれてるんだわ」

「そうささやかれたのか」

「お告げよ」

「くだらん。おまえ、どうかしてるぞ」

「あなたのほうこそ、なにもわかってない。あなたは正義をふりかざしていい気になってるみたいだけど、正義が人を幸せにするとはかぎらないのよ。どんな悪党にだって、犯罪者にだって、善良な身内がいるの」

「だからといって犯罪者を野放しにはできん。やつらを捕まえるのが俺の仕事だ」

「それならせめて、信心することで自分の罪をつぐなうべきだわ」

「罪だと」

　児島は語気を強めた。

「そうよ。あなたは毎日毎日、人を不幸にしてるの」

「ふざけるな」

「刑事なんて、やめれば……」

「ばかたれ」

怒声と一緒に手が動き、乾いた音が部屋に響いた。

洋子が頬を押さえ、部屋を飛びだした。

児島は、仏壇をかかえ、縁側の端に運んだ。朝になれば、自分が教団の東京支部へでむいて仏壇を返却し、洋子の入信を取り消すつもりでいる。

——あなたを、国民を、世界を幸せにする日本極楽党。極楽党の○△○△、○△○△をどうぞよろしく。日本極楽党の、○△○△にあなたの一票を——

庭のむこう、塀越しに選挙カーのマイクが見える。どうやら停まったようだ。

「うるさい」

怒鳴ったつぎの瞬間、眼がまるく固まった。

玄関を飛びだした洋子が、門へ駆けている。

児島は、啞然《あぜん》として、妻のうしろ姿を見つめた。

生まれて初めて女を殴った手がふるえている。

第一章

十二月二十四日の夜、鹿取信介は新宿区市谷《いちがや》の自室でＤＶＤを観ていた。

クリスマスイブを女とすごしたのはいつが最後だったか、はっきり記憶にない。警視庁の地域課から公安部に転属する以前だと思うので二十五年は経っているだろう。

そのときの女には、カップルが身を寄せ合って歩く姿を小馬鹿にしたようなまなざしで見るところがあって、あまえる女が苦手な鹿取には打ってつけの相手であった。

それなのに、その夜の女は雰囲気が異なっていた。瞳の輝きがいつもとちがった。会うといきなり腕をからませ、その夜の行動予定をうれしそうにしゃべりだした。

鹿取は、にわかに逃げだしたい気分になった。

それ以来、女の心が化けるような日、つまり、自分や相手の誕生日やクリスマスイブなどのデートは避けてきた。

どんなに気に入った女でもわずらわしいと思うときはある。単純に女と一緒にいることを楽しみたいという気分を削《そ》がれるのはある種の苦痛をともなう。

公安刑事になってからはそういうふうに思うこともなくなった。その習慣は警視庁刑事部の強行犯三係に転属してからもつづき、捜査事案をかかえていなければ、ひとりバーの片隅で飲むか、部屋にこもって時間をやりすごした。

去年だけが例外の一日で、三好《みよし》組組長の三好義人《よしと》に誘われ、神奈川県警の螢橋政嗣も合流し、三人で飲んだ。赤坂のステーキハウスで腹を満たしたあとは銀座にくりだし、仕上げは横浜に移って、朝方に酔いつぶれた。

自宅に帰って二時間がすぎている。

ラフロイグのオンザロックをあおった。

ふいに、螢橋の部屋が思いうかんだ。

薄墨のような風景のなかでロッキングチェアがゆれている。

またしても螢橋は人の形にならなかった。

やつの自宅に侵入して三週間が経っている。そのあいだに二度電話をかけてみたがつながらなかった。神奈川県警の安西の報告によると、いまだ消息不明とのことだ。

無意識に携帯電話をつかんだ。

あの人に訊《たず》ねてみるか。

ときどきそう思ってはためらっている。

しばし手を止めたあと、あの人ではなく、三好に電話をかけた。

留守電になっていた。

鹿取は、メッセージを残さず電話をきった。

グラスを空けてソファに寝転び、テレビに視線を戻した。

画面のなかで、中年男と少年を乗せたボートが湖岸を離れてゆく。

鹿取は、まばたきを忘れた。

『ゴッドファーザー』はこれまで幾度となく観ている。ⅠもⅡもⅢも、数十枚の写真をつなぎ合わせたようなひとコマひとコマが静かに流れるラストシーンを見たいがためにそれまでの映像を眺めているようなものである。

テレビの映像より先に、つぎの光景がうかんだ。

アル・パチーノ扮するマフィアのボスがガラス窓のむこうに立っている。

薄闇の湖面で爆発音が轟《とどろ》いたとき、携帯電話の着信音が鳴った。


「イブなのに、まさか自宅にいるとは、おどろきました」

運転席の児島要が、顔一面に笑みをひろげ、おもしろがるように言った。

「あいにく宗教行事には縁も興味もない」

「公安部にいたときに新興教団を監視していたからですか」

「そんなの関係ねえ。自分しか信じられないだけのことだ」

「おなじ理由で、独身をとおしているのですか」

「話が飛びすぎるぜ」

「ちかごろ、鹿取さんやホタルさんをうらやましく思うときがあります」

「なにか悩みでもかかえてるのか」

「悩みというほどではないけど……」

児島が語尾を沈めた。

鹿取は、さっと話題を変えた。

「そういうおまえはどこにいた」

「桜田門で報告書を書いてました」

鹿取は、フロントパネルのデジタル時計を見た。午後十時半になる。

「ほかにだれがいた」

「係長と自分だけです。八時ごろまで倉田《くらた》さんと室町《むろまち》もいたのですが、倉田さんがひと足先にでると、室町が急にそわそわしだしたので、係長が気をつかって帰しました」

強行犯三係には係長の丸井《まるい》富生《とみお》警部を筆頭に、倉田洋《ひろし》、鹿取信介、児島要ら主任の警部補と、弓永則夫《ゆみながのりお》、白石慎平《しらいししんぺい》、室町卓也《たくや》の、三名の巡査部長が在籍している。

「おまえ、去年のイブは女房とデートしたよな」

「そうでしたっけ」

「なにをとぼけてやがる。三好の誘いをことわったじゃねえか」

「忘れました」

児島がハンドルを切り、赤坂見附の交差点を右折する。

「そういえば、ホタルさんとしばらく会っていませんね」

「あたらしい女ができたんじゃねえか」

「そんなことで……面倒な事案をかかえてるんでしょう」

「どうかな。それより、現場はどこなんだ」

「南青山の二丁目です」

「霞が関の官僚らの官舎のある付近か」

「そのものずばりです」

「だれが殺された」

「行けばわかると……係長の言葉です」

「早くも緘口令《かんこうれい》か」

「そのようですね。で、自分は気が重い」

児島がため息まじりに言った。

鹿取は顔をしかめた。

被害者や加害者に関係なく、事件の背景に霞が関の存在がちらつけば、普段は現場にあらわれない警視庁の幹部連中がこぞって姿を見せる。警察庁の者も来るかもしれない。

連中の面を見るだけでうっとうしくなる。

携帯電話が鳴った。丸井係長からである。

《いまどこだ》

「要と現場にむかっています。あと四、五分ですかね」

《先に言っておくが、おとなしくしてろよ》

「はあ」

《現場で悶着《もんちゃく》をおこすなと言ってる》

「だれと」

《だれともだ》

電話がきれたあとで、係長の声がちいさくて、緊張をはらんでいたのに気づいた。

鹿取は、シートベルトをはずした。

「おい、要。車を停めろ」

「どうして」

「降りる」

「係長にそう命じられたのですか」

「いや」

「それならだめです」

児島はウインドーをあけ、赤色灯を屋根に取り付けた。

サイレンが鳴り響き、覆面パトカーは一気にスピードをあげた。

ルート二四六の青山一丁目をすぎたあたりから神経がざわつきだした。

やたらパトカーが眼につく。それ以上に、気になる車輛があちこちにある。

「どうなってやがる」

いらだちが声になった。

「えっ」と、児島が反応した。

「早くも公安が出張ってる。それも半端な数じゃなさそうだ」

「ほんとうですか」

児島が左右をきょろきょろと見てスピードをおとし、脇道に入った。

その路肩にもそれらしい車が停まっていた。

「あそこですね」

児島が指さした。

百メートルほど前方には警察車輛が数珠《じゅず》繋《つな》ぎにならんでいる。

鹿取は、おそらく自分にむけられている鋭利な視線を無視し、コンクリートの塀にはさまれた門をくぐって、官舎の敷地に入った。

児島が小声で話しかける。

「ここはどこの省が……」

「あのテントの前にあるのは国土交通省の官舎だ」

マンション前の植込み一帯に青いシートが見える。かなりひろい範囲を屋根付きシートが囲んでいる。

児島が上空を見あげた。

闇夜を数機のヘリコプターが旋回している。

鹿取もちらっと見て、声を発した。

「どうやら、俺たちは追加の出動だな」

「そのようですね」

敷地の外にはすでに大勢の報道関係者がいた。それだけでも時間の経過がわかる。

「おーい。こっちだ」

声がした。

強行犯三係の丸井係長と倉田主任がテントの外側に立っている。

児島が駆け寄り、丸井に話しかけた。

「被害者はだれなんです」

「国交省の役人だ。そこの正面玄関を入ろうとしたところを撃たれた」

「射殺ですか」

「ああ。背後から一発。さらに、至近距離でとどめをさしてる」

「ありゃ、プロだな」

倉田が口をはさんだ。

「二発目は心臓を撃ちぬいてた」

「見たのですか」

「まだなかで寝てるよ」

「犯行時刻は」

「一時間前ってところだな。目撃者がいて、すぐに一一〇番通報があった」

「先陣を切ったのはどこです」

「一係だ。やつらが出動した二十分後に応援出動の指示があった」

「どうして」

「俺にわかるか」

倉田がつっけんどんに言い、ちらっと丸井に視線を投げた。

「係長」

児島がにじりよる。

「なんだ」

長身の丸井が背を反らした。児島の眼の高さに丸井の細い顎《あご》がある。

鹿取は黙ってその場を離れ、テントのなかに入った。

ちょうど死体が担架に乗せられているところだった。

鹿取は、シートの端をめくり、被害者の顔を見た。

「来たか」

背に声がした。

ふりむいた先に、捜査一課の星野《ほしの》理事官がいた。中肉中背の細面でこれといった特徴はないけれど、普段は口数がすくなく無表情なので、鉄仮面との渾名《あだな》がある。

星野智史《さとし》警視はことしの春に警察庁から出向してきた。これまで二度、所轄署の捜査本部で一緒になり、しばしば口論になったが、いやな野郎という意識はない。

星野のほうも口ほどの悪意は抱いていないようだ。

幹部連中の輪をぬけた星野が眼でうながし、端っこに移った。

テントのなかは二十名を超える鑑識捜査員が這《は》いまわっている。

反対側の片隅では警視庁刑事部の捜査一課長、坂上真也《さかがみしんや》を中心に十名ほどがひとかたまりになって、ひそひそと話をしている。どの顔も一様にけわしく見えた。

入口の近くにも五人が群れている。

鹿取は、昔の仲間である彼らを一瞥《いちべつ》したあと、星野に視線を据えた。

「たいそうな陣容ですね」

「被害者の顔を拝んだんだろ」

「国交省の審議官、伊藤正志《いとうまさし》。事務次官候補のひとりだった」

「正確には、つぎのつぎといわれていた」

「まさか、その程度のことでこれほど大騒ぎしてるわけではないでしょうね」

「現役のエリート官僚が射殺されたんだ」

「人ひとりに変わりはない」

「そうはいかん。ここは霞が関官僚の官舎だ。警備員も常駐していた。警視庁の厳重警戒区域のひとつでもある」

「つまり、桜の代紋の面子《メンツ》にかかわる」

「そういうことだ」

「早々と公安の連中が来てるのは」

「わかってるんだろう」

星野が眉をひそめ、小声で言った。

「俺の想像どおりで、いいんですね」

「たぶん」

「連中、勝手に押しかけて来たんですか」

「すくなくとも、刑事部は要請も打診もしなかった」

「はぐらかさんでください。あんたも……」

あとに続く言葉は、星野のきつい視線にはばまれた。

「公安事案がこの事件とつながってるかどうか、現時点でわかるはずがない」

「しかし、公安部も面子が壊れかけてる」

「ん」

「連中のすばやい動きから察して、被害者は監視対象者だったと推察できる」

「そうかもしれんが、予断は捨てろ」

「ご心配なく、必要以上の仕事はしたくないので」

星野が薄く笑った。

「ところで、俺たち三係を追加で出動させた理由を聴かせてもらえませんか」

「おまえらを遊ばせとくのはもったいない」

「ご冗談を」

星野が耳元に顔をよせた。

「一係が出動した直後に被害者の身元が判明し、そういう指示がでたらしい」

星野の口ぶりは警視庁上層部の指示でないことをにおわせている。

ということは、警察庁の意向か。

しかし、どうして。

疑念が声になりかけたとき、星野にぽんと肩をたたかれた。

「とりあえず、一係の顔を立て、静かに動いてくれ。でないと、ややこしくなる」

「むりな注文はせんでください」

鹿取は、くるりと背をむけた。

「おい」

声がして、足を止めた。

「おまえ、大丈夫か。言葉づかいが丁寧になってきたぞ」

鹿取はふりむかずに首をすくめ、また歩きだした。


着替えを済ませ、座卓にむかって胡座《あぐら》をかいた。

正面で、児島要がビールを飲んでいる。

――静かにしてろと言われたので帰ります――

口をあんぐりとさせた丸井を置き去りにして現場を離れ、タクシーを拾った。ドアが閉まる寸前に児島が乗り込んできた。車のキーは部下の室町に渡したらしい。

階段を踏む足音がして、絣の着物にたすき掛けの中年女があらわれた。

中野新橋にある食事処・円《まどか》の女将、高田《たかた》郁子《いくこ》が料理をならべる。

児島が郁子に声をかけた。

「こんな夜おそくに、すみません」

「いいんですよ。午前様でも、この人でなれてますから」

郁子が丸顔の眼を細めた。

「それでも、気をつかわないでください」

「好きにさせて。どうせ、あと一時間は下のお客さんも帰らないから」

郁子は、児島に日本酒を勧めたあと、手にしていた徳利を鹿取の前にトンとおき、そそくさと部屋を出ていった。

児島がにやりとする。

「女将さん、ほんとうはご機嫌斜めなんでしょう」

「なんでそう思う」

「クリスマスイブにほったらかされてた」

「ばかを言うな。あいつとの縁はとっくに切れてる」

「じゃあ、どうして着替えがおいてあるのです」

「さあな」

「不思議な仲ですね」

児島がさらりと言った。もうなれてしまったのか、不思議そうな顔ではない。

「そんなことより、なんでついて来た」

「だれに言われたのです」

「なにを」

「静かにしてろと」

「星野だ」

「理由は」

「一係が仕切るらしい。で、面倒をおこされるのがいやなんだろう」

「それなら自分らを呼ばなきゃいいんです」

「おまえ、張り合う気か」

「当然です。犯人は三係が挙げる」

「挙げても、ほかに持っていかれるかもしれん」

「えっ」

児島が眼を見開いた。

百七十センチに満たない身長で、横幅もさほどひろくない児島だが、いつも小柄な体いっぱいに熱をはらんでいて、それを一瞬にして放射するような男である。

とくに彼の瞳はやっかいきわまりない。

「公安の連中に、ですか」

「テントのなかに、公安部の幹部が五人もいた。異常事態だ」

「おしえてください」

「なにを」

「公安がでしゃばる理由ですよ」

「知るか」

「信じられません」

「俺が公安部をはじかれて十年になるんだぞ」

「でもパイプはつながってるのでしょ」

「ほとんどないにひとしい」

「うそばっかり。いいんですか、三係の仲間に、鹿取さんの過去をしゃべりますよ」

三係のなかで、鹿取がかつて公安部にいたのを知る者は児島ひとりである。鹿取が話したのではなく、鹿取と児島の共通の知人である新聞記者が児島にささやいたのだ。

「おどしてるのか」

「ひとりで秘密をかかえてるの、つらくなってきました」

「おまえも秘密にしてることがあるだろう」

「えっ」

「そんな面をしてる」

児島が顔をゆがめ、箸《はし》を手にした。

刺身に煮物に天麩羅が、つぎづきと児島の胃袋に消えてゆく。

どんな悩みがあろうと、不機嫌だろうと、児島の旺盛な食欲は落ちない。

鹿取は、好物のイカの塩辛と沢庵を肴《さかな》に、手酌で時間を流した。

児島が箸をおき、視線をあげた。

「被害者の伊藤正志、知っていたのですか」

「あのクラスの官僚の顔くらい覚えてるさ」

「公安事案の関係者じゃないのですか」

「何度も言わせるな。いま公安がだれを監視してるかなど、俺にはわからん」

いずれ事件の核心が見えてくれば、手持ちの情報を児島に話すことになる。

しかし、現段階で児島に足かせをするわけにはいかない。

「あしたの会議にもあらわれますかね」

「ぶつかる気か」

「いけませんか」

「どうせ、一係の連中が咬みつく。それをながめて我慢しろ」

南青山官僚射殺事件の捜査本部の第一回捜査会議は早朝七時から行なわれる。

おそらく、捜査陣容は百五十人を超えるだろう。それに加えて、あるいは別線で、公安部の連中が多数動員されると思う。

やつらは捜査本部の主だった捜査員も監視するはずである。

そうでなくても、鹿取は公安部の監視下にあるので、鹿取や神奈川県警本部の螢橋とつながっている児島は警戒されやすい。

刑事をやるために生まれてきたと自負する児島といえども、捜査の中核を担う強行犯一係と本気まるだしの公安部の両方を相手にするのは骨が折れるだろう。折れるどころか、へたをすれば、捜査本部をはずされたあげく、島流しも考えられる。

しばらくは、児島のガード役に徹するしかなさそうだ。

鹿取は、児島が黙々と食べるのを見ながら、そんなことを考えていた。

午前零時をすこしすぎて、児島が去った。自宅に帰って数日分の着替えを用意し、捜査本部が設置される青山署に泊り込むらしい。

女将の郁子が器を片づけたあと、鹿取は携帯電話を手にした。

一回の着信音でつながった。相手は元の部署の後輩である。

「いま、大丈夫か」

《ええ。でも、移動中なので手短にお願いします》

「公安部はずっとやつを監視していたのか」

《はい》

「射殺されたときもか」
《お応《こた》えできません》
「そっちの事案で、やつはトラブルをかかえていたんだな」
《それも、お応えできません》
「ふざけるな」
《わかってください。きわめてデリケートな事案なのです》
「おまえらの仕事に興味はない。犯人をパクりたいだけだ」
《それはわれわれもおなじです。とにかく、もうすこし様子を見させてください。時期がくれば、必ず報告します》
一方的に電話がきれた。

翌朝、鹿取は、会議開始予定の五分前に青山署内の会議室に入った。

ざっと見渡して四人用の長机が四、五十、隙間《すきま》なく配されている。

そのほとんどがすでに埋まり、むせ返りそうなほどに、人いきれが充満していた。

鹿取は、最後列の窓際の席に腰をおろした。

どこの所轄署に出動してもそこが指定席である。空いていなければ消える。鹿取のわがままを知っている三係の連中のだれかが早めに行き、そのあたりを確保する。

児島が口元をぎゅっと引き締めた。

いつのまにか、室内は水を打ったように静まり返っていた。

青山署の刑事課長、森下達郎《もりしたたつろう》がいきおいよく立ちあがった。

「これより、南青山官僚射殺事件の、第一回捜査会議をはじめる」

森下の表情は硬く、声にも緊張が感じられた。おそらく、これほどの捜査態勢は初体験で、会議の進行役をまかされた重圧があるのだろう。

彼が雛壇の十三名を紹介したあと、警視庁の刑事部長が座ったまま口をひらいた。

「多くを語らなくても、この陣容を見ればわかると思う。警視庁の重要警戒区域の、しかも霞が関の官舎で、国交省の官僚が射殺されたのだ。マスコミは騒ぎ立てる。国民も注目する。ここに集まった総勢一八七名が一丸となって捜査にあたり、一日、いや一刻でも早く、事件を解決することを強く望む」

いつもの冒頭の檄《げき》にしては短く、口調に激しさを感じなかった。

それが刑事部長の内に秘めた覚悟の故なのか、ほかに理由があるのか。

鹿取は、部長の胸のなかを思いかけて、むだとあきらめた。

事件の背景がなんであれ、今回は刑事部と公安部の熾烈《しれつ》な主導権争いになる。

その予測はゆるぎない確信である。

しかし、それを話しても、児島も倉田もおめおめとは退《ひ》きさがらないだろう。逆に、反骨心をあらわにし、公安部に牙を剝《む》くにちがいない。

鹿取は、頰杖をつき、煙草をくゆらせた。

ちかごろはどこの署内でも会議中の喫煙は控えるよう通達されているのだが、口うるさくとがめられることはない。警察幹部に禁煙家が多いのに配慮して、喫煙者は後方の席に座るようにしているせいもある。

森下に指名され、部下の捜査一係長が立った。

昨夜行なわれた現場付近での地取り捜査の報告である。地取り捜査、つまり、初動捜査の基本でもある聴き込み捜査には、通例の所轄署の捜査員のほか、他部署からの応援部隊ばかりか、本来は彼らを仕切る警視庁刑事部の面々もあたった。そのこともあって、円で酒を飲んでいるさなか、児島は丸井係長から電話で怒鳴られ、退散したのだった。

目撃者は、一一〇番通報した者を含め、四名いた。

しかし、いずれも犯行を目撃したわけではなく、発砲音を聞いて、マンションのベランダから現場付近を見た者である。

四名のうちの二名が、現場を走り去る人物のうしろ姿を視認していた。その人物は、正門とは反対方向へ駆けたという。

官舎の敷地には正門のほか、ふたつの出入口があって、ひとつはゴミを集積する小屋へつうじる扉で、小屋は正門とおなじ道路に面する窪地《くぼち》にある。

現場から逃走した人物はもうひとつの出入口、裏路地にでる木戸にむかったと推測されている。こちらは警備員が午前七時に開錠し、午後六時に施錠するのだが、昨夜は鍵が解かれていた。警備員は施錠したと主張しているが、鍵は壊された痕跡《こんせき》がない。目撃者の残る二名は、正門から駆けつける警備員を見ており、彼は、不審人物を目撃した者の叫び声を聴いて、木戸へ走ったということだった。

続いて、検死報告と、鑑識結果が報告された。

犯行に使用された拳銃は、そばに落ちていた薬莢《やっきょう》から、オートマチックの三十二口径と特定され、条痕鑑定で過去に国内での犯罪に使われていないことが判明した。

一発目は左肩甲骨を撃ち砕き、鎖骨にあたって止まっていた。二発目は二メートルほどの至近距離で発射され、背中から心臓を貫通したあと、地面にめりこんでいた。直接の死因は後者の一発によるものだ。

「質問を受けつける」

森下のひと言を待っていたかのように、前方から手が挙がった。

強行犯一係の吉川《よしかわ》警部補である。吉川学《まなぶ》は、捜査一課在籍十八年、五十五歳のベテラン刑事で、これまで数多くの凶悪事件を手がけ、その名を高めるほどの実績を挙げているのだが、偏屈者としても知られ、幹部連中との折り合いも悪く、出世には恵まれていない。そのことは本人も自覚しているのか、昇進試験を受けないらしい。

吉川が立ちあがり、右手前方を指さした。

「そちらの、公安部の方々がここにいる理由を聴かせてください」

雛壇の端に座る二人はぴくりとも反応しない。

代わりに、捜査一課の坂上課長が口をひらいた。

「いちいち説明するまでもないと思うが……政治的意図を持った犯行の可能性を排除するわけにはいかない。テロもしかりだ。ただし、公安部はわれわれの捜査に加わらない。当面は緊密に情報交換を行ない、もしも今回の事件が公安事案にかかわっている事実があきらかになれば、捜査に全面参加していただくことになる」

「その場合、捜査の主導権はどうなるのです」

「愚問だ。捜査本部の本部長は警視庁の刑事部長が務められる」

「しかし、公安部の参入で捜査本部が混乱した例は過去にいくつも……」

「言いすぎだ。刑事部は市民の安全を護るため、公安部は国家の安全を護るため……犯罪をなくすという共通の目的はあるが、それぞれの役割分担はあきらかだ」

坂上の鋭い舌鋒《ぜっぽう》に、吉川が黙った。

警視庁の部課長クラスでは早くも刑事部と公安部が火花を散らしているのだろう。

鹿取は、そう思い、となりに視線をふった。

児島は憮然とした顔つきで雛壇を睨みつけている。

そのむこうで、倉田はもの憂げな表情で中空に視線を泳がせている。

二人とも、きょうのところは様子見を決め込んでいるようだ。

鹿取は、頬杖の腕を替え、窓に顔をむけた。


強行犯三係の本格的な捜査はきょう、二十七日の月曜から始まった。

事件発生日の翌朝の第一回捜査会議で班分けが行なわれ、強行犯の一係と三係は敷鑑捜査を担当することになった。被害者の身辺を洗う敷鑑班には、主力部隊である強行犯の計十四名のほか、他部署の捜査員を合わせ九十三名が割りあてられた。現場周辺を聴き込む地取り班は青山署捜査一係を中心に五十余名、遺留品の線を追うナシ割り班は三十名ほどなので、いかに敷鑑捜査に重点を置いているかがわかる。

さらに敷鑑班はふたつに分けられ、強行犯一係は被害者個人の交友関係を中心に家族や縁者を、三係は被害者の仕事関係者を、それぞれ担当することになった。

三係をはじめとする四十二名の捜査員は、朝の会議のあと霞が関へむかった。

強行犯三係がこうした団体行動をとるのはきわめてまれなことである。

警視庁から出動した捜査一課の面々は、事件が発生した現場の所轄署の刑事らと二人一組のコンビを組むのが決まり事なのだが、単独捜査、別線捜査を得意とする強行犯三係は身内どうし、警部補と巡査部長の三組のコンビで仕事をやってきた。

これまで捜査本部の幹部連中が内規違反の行動を黙認してきたのにはわけがある。彼らの捜査手法が他の捜査員たちに蔓延《まんえん》するのをおそれているのだ。なにしろ、捜査一課のなかでも強行犯三係の犯人検挙率は群を抜いており、その実績があるので、ほかの捜査員がまねをしないともかぎらない。それなら強行犯三係の面々をバラバラにしてしまえばよさそうなものだが、近年の犯人検挙率の低下を危惧《きぐ》する幹部連中は、内心で苦々しく思いながらも、三係の実績をなくすような決断はくだせないでいるのだ。

しかし、今回ばかりは強行犯三係もわがままを封印した。捜査の現場を仕切る強行犯一係の顔を立てたわけではなかった。公安部の存在を強く意識したからで、丸井係長が、おどし半分、泣き落とし半分で、指示したせいもある。

午前中、鹿取は、三係の仲間と一緒に国土交通省のなかにいた。

国土交通省は、霞が関二丁目の、警視庁とおなじブロックにある。皇居の桜田門と向き合うのが警視庁で、国土交通省は国会議事堂に近い位置にある。

鹿取は、省内の食堂で遅めの昼食をとったあと、仲間のだれにも告げずに去った。

三宅坂からだらだらとした坂をのぼり、国立劇場の敷地内のベンチで、皇居の濠《ほり》に沿って延びる緑の帯と、澄んだ青空をながめながら、煙草をくゆらせた。

いまは静かにして、状況を見極めるしかなさそうだ。

公安部はどう動くのか。

鹿取は、骨を鳴らしながら首をまわし、上空をあおいだ。

いくつかの千切れ雲が、競い合うようにして、流れていた。


内堀通の坂路をくだり、三宅坂の交差点にさしかかったところで、携帯電話が鳴った。

短いやりとりのあと、行く先を変更し、内堀通に沿って、さらにくだった。

右手の警視庁は見すごして先へ進み、つぎの角地を斜めに入った。

日比谷公園である。

入ってすぐ右手にある広場のベンチに腰をおろした。

人影はほとんどなかった。

腕時計を見る。午後二時四十七分。国立劇場を離れて十分しか経っていない。

それでも、電話をかけてきた相手は煙草を喫いつける前にあらわれた。

「俺を見張ってたのか」

「まさか」

相手は苦笑し、となりに座った。角刈り頭のがっしりした体格だが、顔はあどけない。

笑うと五、六歳若い、三十半ばに見える。

警視庁公安部の酒井《さかい》正浩《まさひろ》は、それとなく周囲に眼を配ったあと、言葉をたした。

「まだお話しできる段階にはありません」

「それならどうして連絡をよこした」

「もうしばらく、おとなしくしていてください」

「公安部は、この俺をマークしてるのか」

「元から監視対象者じゃないですか」

「いまの公安部に俺をつけねらう余裕なんてねえだろう」

「余裕がないから、よけいにあなたの存在が気になってる」

「心配いらん。静かにしてろと命令された」

「あなたが素直に言うことを聴くとは思えません」

酒井が頬をゆるめた。

「どうして、そこまで俺を警戒する」

「思いあたるふしはないのですか」

「まわりくどい言い方はやめろ」

「電話でも言いましたが、もうすこし時間をください。年明け早々には連絡します」

酒井が腰を浮かしかける。

鹿取は、右手で酒井のコートの袖をひいた。

「ひとつだけ、おしえろ」

「手短にお願いします」

酒井の顔に警戒の色が走った。

鹿取は、にらみつけるようにして口をひらいた。

ときおり、コートの裾が足にからみつき、体を持って行かれそうになる。

それでも児島は、省舎の屋上からじっと西の彼方《かなた》を見つめていた。

国会議事堂のむこうの空はうっすら茜色に染まっている。

被害者の伊藤正志は、この場所に立ち、なにを思っていたのだろうか。

——いつもおなじ場所に、ひとりで立っているのを何度か見かけました——

——なんか近寄りにくい雰囲気があって……伊藤審議官に緊急の用ができて、呼びに行ったんだけど、声をかけたら睨まれて……あんなこわい顔、初めて見たわ。普段はもの静かで、あまり感情を表にださない人なのに——

女子職員たちの話に興味を覚え、屋上にあがったのだった。

生まれ故郷への思いが強かったのだろうか。

伊藤は一九五九年四月、神奈川県藤沢市に生まれた。戸籍謄本に誕生日と出生地は記されているけれど、両親の名前は載っていない。

捨て子だった。籠《かご》にいれられ、養護施設の門前に置かれていたらしい。

伊藤は十二歳まで施設で暮らし、中学生になる直前、藤沢市内で家具販売店を営む夫婦にひきとられ、養子になった。素直な性格と学業が優秀だったことが伊藤少年に好運をもたらしたのだろうと、当時の施設関係者はのちに述懐したという。

それからの伊藤の人生は、他人が見るかぎり、順風満帆であった。中産階級の家にもらわれ、養父母に実子がいなかったこともあってか、仲睦まじい家庭に育ち、東京大学を卒業後、八二年四月、旧運輸省に入省した。

出世も順調であった。同僚らの話によれば、温厚な性格ながら、仕事においては己にも他人にも厳しかったそうだ。上司にも好かれ、三十半ばで出向した先の内閣官房室で当時の官房長官の覚えを買ったあたりから、省内では次世代のホープと噂《うわさ》されるようになり、それ以降は、国交省内はもちろん、他の省庁の者からも一目置かれる存在になった。

永田町の政治家たちとのつき合いもひろく、国交省事務次官を経て、いずれは国会議員になるというのが、霞が関と永田町の住人の予想であった。

児島は、事情聴取のあれこれを思いうかべながら、なおも西の方角を見つめていた。

ここは決断の場所だったのかな。

ふと、そう思ったとき、背に声が届いた。

「おい。こんなところで、なにしてる」

児島はゆっくりふり返った。

強行犯三係を束ねる丸井がすぐそばにいた。

「もうあきました。だれに話を訊いても似たような返事で……」

「ここへくる前からわかっていたことだ。役人は保身に走る」

「それは一般の人だっておなじでしょう」

「では、なにが気に入らん」

「さあ。とにかく、集中できないし、自分の勘は昼寝をしています」

「一係が邪魔なのか。それとも、公安がめざわりか」

「係長は」

「どっちも、どうでもいい。気にしてもはじまらん」

「本音ですか」

「上の指示には従う。部下には好きなようにやらせる。三係をまかされて一年八か月……

ようやく、腹をくくれてきた」

「そのほうが健康によさそうです」

「ふん」

丸井が口元をゆがめた。笑おうとして笑えない。そんな顔になった。

「ところで、一係の連中、藤沢にも出張ってるのですか」

「藤沢……ああ、被害者の故郷《ふるさと》か」

児島は女子職員たちの話をおしえた。

「里心がめばえたのはいつごろからだ」

「わかりません。そんな話をした二人とも二十代の半ばくらいでして」

「一係だが、藤沢には行ってないんじゃないか。育ての両親はともに亡くなって、家業は養父の弟が継ぎ、実家は売り払ったと聞いた」

「亡くなった……捜査資料にはそんなこと載ってなかったと思いますが」

「十年以上も前で、しかも、二人とも病死。捜査に必要ないと判断したんだろう」

児島はあいまいにうなずいた。

すっきりはしないが、神経が反応するようなことではない。たぶん、被害者の同僚らの証言が異口同音でつまらないぶん、女子職員の話が新鮮に感じたのだろう。あるいは、胸のうちに刺さっている不快な棘《とげ》のせいかもしれない。

また西の方角を見やったとき、丸井の声がした。

「鹿取はどうした」

「いないのですか」

「ふけやがった。それで、あいつの午後の予定、俺がこなした」

「きっと、鹿取さんもあきたんですよ。元々、地道な捜査は苦手な人ですから」

「それならいいんだが……」

夕陽を浴びる丸井の頬に翳《かげ》が走った。

きだって、全国あちらこちらで妨害工作が行なわれたわ」

「証拠があるのか」

「もちろんよ」

洋子が語気を強め、瞳を輝かせた。

児島には洋子が悪魔に憑《つ》かれているように見えて仕方がない。

「それでも、わたしたちの信心はゆるがない。年末年始の祈禱《きとう》祭には全国から五千人を超える人たちが集まるの」

「それにでるのか」

「そう。そこで、たぶんわたし、東京支部の幹部になれると思う」

「多額の寄付をしたんじゃないだろうな」

「そんなおカネ、家にあるわけないでしょ。極楽の道は、ほかの教団とちがうの。わたしが熱心な信者だから、支部長が推薦してくれてるのよ」

「ば、ばかな」

児島はめまいがした。

そんなことが警察内部に知れたら、とんでもないことになる。監察官室に呼びだされ、恫喝《どうかつ》まじりの説教をたれられ、あげく、ちいさな署に飛ばされ、二度と桜田門には戻れないだろう。運よく現状を維持できたとしても、監察官室と公安部の監視下におかれる。

「あなたは、自分のことばかり心配してるのね」

「…………」

児島は、肺がしぼむほどのため息をついた。

にがいビールを飲み、煙草を喫いつけたときはもう、洋子は席を離れていた。

一分と経たないうちに、洋子の声が聞こえてきた。

いつもよりおおきな声で念仏を唱えだした。

過日、縁側に置いた仏壇はその夜のうちになくなっており、翌日には洋子の部屋のドアに鍵が取り付けてあった。


青山署の会議場は空席がめだつ。

強行犯三係の面々がいる後方の列には捜査員がまばらで、中央付近の者たちもゆったり間隔を空けて座っている。第一回捜査会議とは一変し、百人は超える者が集まっているにもかかわらず、熱気は感じられない。聞こえてくるひそひそ話もくたばりかけた鳥の鳴き声のようで、捜査員たちの表情も沈んで見える。

しかし、そんな光景も、児島はほとんど眼に入らなかった。

鼓膜にへばり付く洋子の声が頭のなかにこだましている。

「どうした」

となりの倉田洋が声をかけてきた。

「うかない顔をしてるぞ」

「皆、おなじでしょう」

「おまえらしくない台詞《せりふ》だな」

「自分も人の子です」

つい、本音がこぼれでた。それに気づき、急いで言葉をたした。

「ご心配なく。犯人は自分が挙げます」

倉田が苦笑をもらした。強がりなのは見透かされている。

「鹿取は来ないのか。きのうの夜もけさも……これで三回飛ばすことになるぞ」

「そのほうが会議はスムースに進みます」

「やっぱり変だぞ、おまえ」

「えっ」

「状況が見えてない」

「どういう意味です」

「雛壇の連中、今回は鹿取を無視してる。鹿取もしかりだ。一度も吠《ほ》えてない」

「言われてみれば、そうですね」

言葉とは裏腹に、児島はいささかあせった。自分が隙だらけの態度を見せていることにあわてさせられ、倉田が冷静に観察していることに驚かされた。

「女ができたか」

「はあ」

「人の子なんだろう」

倉田がにっと笑った。

そこへ、幹部連中が入ってきた。靴音がおとなしい。

雛壇にならんだのは八名だった。本部長を務める警視庁の刑事部長は三日目以降、姿を消した。今夜は警視庁の捜査一課長と広域係の幹部、それに、けさまではすべて参加していた公安部の二人も欠席のようだ。

本部長代行の青山署長が中央に座し、星野理事官と青山署の森下課長が両脇に座った。

進行役の森下が不機嫌そうな顔で口火を切る。

「まずは、きょうの捜査報告を聴こう。ナシ割り班から始めてくれ」

最前列にいる青山署の捜査員が立ちあがった。

「犯行に使用された拳銃については、組織犯罪対策課および暴力団対策課の協力を得ながら継続捜査中です。現場周辺で押収された複数の靴跡に関しては、敷地内の住民、および敷地内に出入りしている人たちの協力を得て、鑑定・照合を行なっております」

「靴跡のほうだが、すこしは絞り込めたのか」

「残念ながら、その段階には至っておりません」

「二十七センチのスニーカーの靴跡が加害者のものと断定できないのか」

「断定は……二発目を撃った位置から推察して、そのスニーカーが有力な物証とは思われますが、すぐそばにも比較的あたらしい靴跡が残っておりまして……」

「もういい」

森下が乱暴にさえぎり、視線をとなりにむけた。

「地取り班、成果を披露してくれ」

皮肉の口調に、青山署の捜査一係長が顔をしかめた。

「敷地内の住民への聴き込みは昨夜の会議で報告したとおりで、あらたな証言はありません。けさからは周辺住民と、南青山に出入りする業者、および、日ごろから周辺道路を利用するドライバーたちへの聴き込みに重点をおいて捜査していますが、現時点で有力な目撃情報は得られていません」

「逃走経路はどうなんだ」

「犯人が裏木戸から逃走したのは間違いありません。あやしい人物を追った警備員の証言に沿って、木戸に面した路地の左手、つまり、外苑西通へむかう一帯でローラー作戦を展開中ですが、犯行時刻はいつも人通りがほとんどないらしく、それらしい人物を見たという証言はありません。したがって、裏木戸をでたあとの……」

「特定できないか」

森下がさらに語気を強めた。

「ない。ありません。そんな報告はいらん。侵入箇所は、どうだ」

「それも……」

捜査一係長がわずかにうなだれ、すぐに言葉をたした。

「残念ながら、厳重警戒区域なのに、裏木戸にも塀にも防犯カメラがなくて」

児島は、思わず笑みをこぼした。

捜査一係長が精一杯の抵抗を見せたからだ。

おなじふうに感じたのか、部屋のあちこちで空気がゆれた。

森下の顔がいっそう険しくなる。

「加害者が下見をしていた可能性はどうなんだ」

「もちろん、それを意識して、地取り班は聴き込みを行なっています。南青山二丁目を囲むようにして延びる三つの道路、ルート二四六、外苑西通、国道三一九号線での、不審な車輛、バイクの目撃情報がよせられており、そのひとつひとつ、事件との関連性について確認作業を急いでいるところです」

「確認はあとでもいい。とにかく、情報を拾い集めることだ。のんびりしていると、都心から車も人もいなくなるぞ」

「はい」

捜査一係長の顔はいまにも泣きだしそうに見える。

森下が間を空けずに声を発した。

「つぎ。強行犯一係、敷鑑捜査のほうはどうだ。いい報告ができそうか」

「いえ」

強行犯一係の吉川がそっけなく応えた。

「被害者の家族、妻の伊藤道子と、長男の正道、長女の絵美の三名は一様に、被害者はやさしくて家族思いだったと……うそをついている気配はなく、近所の住人たちも、被害者は礼儀正しい人だったと証言しました。仕事を離れた関係の知人友人の数はそう多くないようで、きょうまでに彼らの大半から事情を訊きましたが、被害者が殺されるなんていまだに信じられないと、こちらも一様におなじ言葉を……」

「真に受けてるのか」

「事実を報告しています」

吉川が攻撃的に言い放った。

児島からは彼の背しか見えないけれど、吉川の怒った顔が眼にうかんだ。

警視庁刑事部の捜査一課の面々には、表現の仕方も態度もさまざまだが、強烈な自負がある。自負というより、うぬぼれに近い。捜査一課から他部署へ転属した者が、栄転にもかかわらず、覇気も自信もなくしたという類《たぐい》の話は掃いて捨てるほど耳にした。

児島は、上着の襟を見た。

徽章《きしょう》にS1Sの文字が入っている。S1Sは、Search 1 Selectの略称で、選ばれし捜査員を意味する。

――こんなもの、クソの役にも立たん。めざわりなだけだ――

鹿取の言葉を思いだした。

それを聴いたとき、児島はむきになって反論した。

――自分は誇りに思います――

鹿取の眼元にほほえみが走った。弟を見るようなまなざしだった。

「おい」と、声が飛んできた。

「最強の助っ人はどうだ。強行犯三係も手ぶらで帰ってきたわけではあるまいな」

「一係におなじです」

倉田が平然と応じた。

「隠してるんじゃないのか」

「助っ人の分際はわきまえてますよ。それより、公安部との情報交換はどうなっているのですか。それこそ、われわれに隠してるのではありませんか」

「ばかなことを言うな」

「では、もう見捨てられたのですか。今夜は姿が見えませんが」

「口がすぎるぞ」

怒声を発したのは丸井係長だった。

口は怒っても、その眼はやさしくいさめていた。

児島は参戦する機会を失って、窓に視線をむけた。

闇を見つめているうちに、また神経がざわめきだした。


おなじ時刻、鹿取信介は、赤坂のステーキハウスにいた。

そこの個室で、三好組組長の三好義人と差し向っている。

すでに二本目の白ワインのボトルがほとんど空だ。

料理は前菜の鮑と車海老が消え、これから鉄板には但馬牛が載る。

かれこれ一時間、三好が近況を話し、鹿取が相槌《あいづち》を打つ状況が続いている。

饒舌《じょうぜつ》な三好というのはめずらしい。もっとも、ここへ来る前の、三好組事務所での一時間は、鹿取が一方的に話し、三好は真剣なまなざしで聴いていた。

三好とのつき合いは四年になる。神奈川県警の螢橋政嗣に紹介されての縁だが、その直後に、三好は螢橋の任務の手伝いをして人を殺し収監された。とはいえ、罪状は銃刀法違反で、二年の実刑判決であった。殺した相手が北朝鮮の工作員で、しかも、麻薬密輸の実行犯だったこと、殺人事件が公表されなかったこと、なにより、国家の安全に貢献し、民間人の命を救ったことなどから、極秘裏に超法規的措置がとられたのだ。

　三好が広島刑務所に収監されているあいだ、鹿取はしばしば三好組事務所を訪ね、三好組若頭補佐の松本裕二《まつもとゆうじ》らの相談相手になった。料理と酒を馳走《ちそう》になりながら話を聴くだけのことだったが、三好はそんな鹿取をほうっておかなかった。

　出所してからの二年間、月に一度は三好に誘われている。

　四十半ばになっても、三好の精悍《せいかん》な顔立ちにかげりは見られない。若々しく強靭《きょうじん》な肉体も変わらない。百七十七センチ、八十キロと、いまどきめだつ体格ではないが、筋肉はたくましい。ゴルフとクルージングが趣味のうえ、乾分《こぶん》がこっそりおしえてくれたところによれば、毎日のようにスポーツジムにかよっているそうだ。

　三好の前の三百グラムのステーキがきれいに消えた。

　鹿取のほうはその半分だが、もう酒を飲めないほど満腹になった。

　料理に満足すると、人は神経がゆるむ。つい、口もかるくなる。

「ところで、ホタルと会うてるんか」

「いえ」

　声を発したときはすでに、三好の眼光が鋭くなっていた。

　まずい、と思ったが、もうおそい。

三人のホステスがいる。

三十半ばの美咲と、すこし若いミドリ、もうひとりは初顔で、玲奈と名乗った。色白の丸顔で、半円形の眼をしている。歳は二十代の前半くらいか。

鹿取は、正面に座る玲奈にむかって、眦《まなじり》をさげた。

「もう惚れちゃったの」

三好のとなりに座る美咲があかるい声を発した。

「俺のタイプや」

「うそ。鹿取さんにタイプがあるなんて、知らなかったわ」

「うるせえ」

玲奈がクスッと笑う。口元に深いえくぼができた。

美咲が玲奈に声をかける。

「うちのお客さんのなかで、この人は例外だからね」

「どういう意味だ」

鹿取のひと言に、美咲が応じる。

「あぶないってことよ。ほかは皆さん、品があって、やさしいもん」

「おまえ二十年も務めて、まだ男を見る眼がないんか」

「失礼ね。十五年よ。でも、鹿取さんには感謝してるわ」

「はあ」

「わたし、心がひろくなった。鹿取さん以外の人、皆、いい人に見えてきたもん」

「そら、言えてるわな」

となりのミドリに腕をひかれた。

「ねえ、玲奈ちゃんと席を替わろうか」

「いらん。景色が悪くなる」

「ん、もう」

「心配するな。眼はこの子でも、心はおまえに向いてる」

「じゃあ」と、美咲が口をはさむ。

「体はだれをほしがってるの」

「くだらんことを訊くな。俺をくどいてくれる皆にきまってる」

酒場にいるときは鹿取の独壇場である。

いつも三好は合いの手もほどほどに、ニコニコと酒を飲んでいる。かまえるところはなく、気どりもせず、不快な顔は一瞬も見せずに、そこにいる。

児島や螢橋も、鹿取といれば、笑いを肴に酒をやる。

三十分ほどして、三好組の松本があらわれた。

松本は、鹿取の斜め前、玲奈のとなりに腰をおろした。

「手配は済みました」

「ありがとうよ」

「神奈川のほうも、いい手立てが見つかりました」

「頼りにしてる」

お遊びの席である。やっかいな話は短いやりとりで済ませる。

そのへんは無骨者の松本にもわかっていて、すぐに表情をくずした。

あまり酒の強くない松本の顔が赤くなったころ、三好に声をかけられた。

「そろそろ河岸《かし》を替えましょうか」

三好は、鹿取が一箇所に長居したがらない癖を知っている。

「ママが拗《す》ねるぞ」

「電話の人が来られるのですか」

クラブ・菫へむかう途中で電話が鳴った。

「どうかわからん」

相手の口ぶりからは差しで会いたいように感じられた。心中はおおよそ察しているつもりで、だからこそ華やいだ場所に引っ張り込んでやりたかった。

相手は返事をためらい、鹿取は、好きにしろ、と言い放ち、電話をきった。

「待ちましょう」

三好が笑顔で言った。電話の相手がわかっているのだ。

その声を受けて、美咲がうれしそうに頰をゆるめた。かしこい女で、そばにママの花子がいれば、そんな表情は絶対に見せない。

扉の近くで黒服の声がした。

児島がまっすぐにやってくる。

三好が声をひそめた。

「ご機嫌斜めのようですね」

「まあな」

「お仕事、うまくいってないのですか」

「そんなことで、やつはぐれたりせん」

「それもそうですね」

三好の声に、児島のそれがかさなる。

「だれがぐれてるのですか」

児島が前に立ち、声をとがらせた。

「酒場でからむな」

鹿取は、児島の手首をつかみ、自分と三好のあいだに座らせた。

三好が児島に話しかける。

「ひさしぶりですね。たのしくやりましょう」

「はめをはずしてもいいですか」

「もちろんです」

児島は、乱暴な手つきでネクタイをはずし、水割りのグラスをひと息に空けた。

「鹿取さん、朝までつき合ってくださいよ」

「むりだな」

「いえ。とことんつき合ってもらいます」

「いっこうにかまわんが、俺と三好が相手じゃ、おまえが先につぶれる」

「そのときは道端に捨ててください」

三好が松本にめくばせした。宿の用意をさせるのだと感じた。

鹿取は、松本が立ちあがる前に声を発した。

「要。三好の事務所の朝粥《あさがゆ》はうまいぞ」

「いいですね」

「それとも、新人の玲奈をくどいてみるか」

「えっ」

鹿取は玲奈を指さした。

「かわいいだろう」

「いいですねえ。がんばります」

児島がためらいもなく応じたので、鹿取と三好は思わず眼を見合わせた。

女にはからっきし晩生《おくて》の児島である。酒場で手を握られただけでも尻込みする。母性本能をくすぐられた女が熱い視線を投げようものなら、顔を真っ赤にしてうつむく。

そこまでこじれているのか。

鹿取は、いささか不安になってきた。

三好は、やさしいまなざしを児島にむけていた。

親しみのある口調のあと、田中がゆっくり身体を反転させた。

おなじ眼だ。

そう感じた。

「その情報は古くありませんか」

「そうでもなかろう」

窓際のソファで正対した。

田中がうっすらと眼元に笑みをうかべたまま、言葉をたした。

「君の情報屋と、異色の友人が動きまわってると聴いた」

「自分は、いまも公安の的ですか」

「警察を辞めるまで、いや、死ぬまで監視対象者リストからはずれないだろう」

「それを、きょう、はずしてくださるのですか」

「希望とあれば」

田中がさらりと応じた。

「うれしいお言葉ですが、希望はしません」

「ほう」

「なにか」

「たしかに、君はまるくなったようだ。十年と七か月前、君は、とりつく島もないほど頑固だった。あのとき、わたしは君に人生をおしえられた」

「そんなおおげさな」

鹿取は、声をうわずらせ、頰をゆるめた。

――あなたとのご縁があるのなら、自分が警視庁公安部を追いだされる前に、あなたがいまの地位に就かれていたはずです――

田中はあの言葉を覚えていたのだ。それも、十年と七か月前、と言った。

梅雨の入口で、霧雨が風とたわむれているような夜だったと記憶している。酒と女に身をまかせ、いまある時をやりすごしているさなかのことであった。

しかし、田中の眼を見た瞬間だけはちがった。背筋に杭《くい》を打ち込まれたような感覚に陥ったのをあざやかに覚えている。

そのせいで、どこかに投げ捨てたつもりの反骨心がよみがえり、それにくだらない意地が加わって、田中の誘いを袖にしたのだと思う。

この人とならもう一度やれるかもしれない。

唐突にめばえたその思いをすなおに口にできなかったのは、生まれながらのひねくれた気質のせいだろう。

だから、二度と会うまいと決めたあとも、電話でのやりとりが続いた。

鹿取は、田中と会う半年前に警視庁公安部を追いだされた。

公安刑事が他部署へ異動するのはきわめてまれである。本来はありえない。国家の安全と利益を護るのを第一義とする公安刑事は必然的に機密情報をかかえることになり、それらの情報は、相手が家族のだれかであっても、親友でも恋人でも話してはいけない。それ以前に、公安刑事の大半は己の部署さえあきらかにしないのである。

田中との対面からさらに二年数か月をさかのぼる。

ある日、マスコミ各社に匿名の文書がファックスで送られてきた。新興教団による地下鉄毒ガス事件がおきる十日前のことであった。

関東都県で続発する怪事件の首謀者をその教団と断定した文書は、報道にかかわる者を戦慄《せんりつ》させ、あるいは狂喜させたけれど、世間の眼にさらされることはなかった。かろうじて全国紙の一紙と某週刊誌が報じたのだが、続報はいっさいなかった。

警察上層部があらゆる手段を講じて新聞やテレビの報道を封じたのである。

ことは警察組織の威信にかかわる。世間の轟々《ごうごう》たる非難を浴びるばかりではなく、多くの警察官僚が責任をとらされる。報道各社への圧力は、そのまま文書の信憑《しんぴょう》性を裏づけ、結果として、文書の送付が警察内部者の告発と認めたのも同然だったのだが、警察官僚にはそんなことをおもんぱかっている余裕などなかった。

一方で、彼らはリーク者さがしに心血を注いだ。なにがなんでもリーク者を突き止め、口を封じなければ、騒動が再発しないともかぎらない。

しかし、二年の歳月を要しても人物の特定はできなかった。

教団の周辺を内偵捜査していた公安刑事のなかで、最後まで嫌疑をぬぐえなかった者がひとりだけいた。鹿取信介である。

鹿取を監視の眼が届く部署に異動させる。

それが警察上層部の最終決断であった。

田中にそうした経緯をおしえられたのは初対面の場で、鹿取はそのとき冷静に話を聴けた。そういうことだろうとは確信に近く、予想していたのだった。

「まあ、君が元気で、なによりだ」

やさしい声がして、鹿取は中空に移っていた視線を戻した。

田中がテーブルのポットを傾け、ふたつのカップに紅茶を注いだ。

顔をあげたときはもう、田中の眼光は鋭くなっていた。

「南青山の事件の背景をさぐってるのか」

「そうです」

ためらいもなく応えた。うそもはぐらかしも通用しない。

田中なら警察内のあらゆる部署の情報を、リアルタイムで詳細に入手できる。

それでも、ひねくれ根性が言葉を吐かせる。

「あなたの情報源は星野理事官ですか」

と情交を持ち、小太郎を出産するも、修行を続けるために郷里に近い鎌倉の養護施設に実子を預けたと、自著に記している。

大田区に移り住んだ鸞子は、銀座の路上で占い稼業を始めた。

一年もすると、作務衣《さむえ》を着た美人占い師がよくあたると評判になり、テレビや女性誌が頻繁にとりあげたことで、宮沢鸞子の名は世間に知れ渡った。

政治家や財界人、芸能人などの有力な支持者を得た鸞子は、三十一歳で神奈川県藤沢市に一軒家を構え、そこで仏法を説くようになり、ほどなく教団を設立した。

息子の小太郎は、三年前、二十五歳の若さで日本極楽党を結成し、党首に就いた。

小太郎は母親譲りの美形に加え、東大法学部卒という肩書、さらには、母親に輪をかけての巧みな話術で、年齢を問わず女性をとりこにし、党員を増やし続けている。

日本極楽党はおととしの参議院選挙と昨年の衆議院選挙で多数の候補者を擁立したものの全員が落選、法定得票数に及ばず約十億円の供託金は国に没収された。

公安部署が宗教法人・極楽の道への監視と情報収集を強化したのは、日本極楽党を結成する動きを見せはじめた四年前からといわれている。

鹿取には、その程度の情報は容易に入手できる。知る意識がなくても、かつての情報屋たちが酒の肴に話してくれる。警視庁公安部を放逐されてしばらくは彼らとの接触を絶っていたのだが、神奈川県警の公安刑事、螢橋政嗣と親しくなり、しばしば事件や事案を共有するようになって、昔のアンテナを活用するようになったのである。

田中が紅茶を飲んでから口をひらく。

「それならどうして、国交省の伊藤正志が殺害された翌日から、極楽の道の施設を監視するようになったのかね」

「星野理事官の言葉が気になりました。しかも、青山署での捜査会議には、これまでそういう場所にあらわれなかった公安総務課の大竹課長と中山管理官が姿を見せた。あの部署の任務を考えれば、新興教団に眼がむくのは自然かと思います」

「たしかに。だが、君は数多《あまた》ある教団のなかから、極楽の道に的を絞った」

「伊藤正志に関する噂は知っています」

「どこまで」

「伊藤と宮沢鸞子の生い立ちが似ており、しかも、おなじ養護施設で育ち、二人は兄と妹のように仲がよかった」

「ふーん」

田中が興味なさそうに声をもらし、わずかばかり間を空けた。

「事件との関連性もうたぐっているのか」

「そこまでは……しかし、ほかにやることがありません」

本音ではないけれど、それに近いことはたしかである。

田中が表情をゆるめた。

「捜査本部は手を焼いているようだね」

「かなり難航するでしょう」

鹿取は、他人事《ひとごと》のように言った。

捜査本部に百八十余名の捜査員を投入したにもかかわらず、捜査は進展していない。かろうじて、犯人のものとおぼしき靴跡から製造元や流通先があきらかになり、ナシ割り班が奔走している程度で、捜査本部の主力を形成する地取り班も敷鑑班も、有力な証言や目撃情報を得るには至っていない。

年末年始で人や車がすくないことが多分に影響した。

鹿取ら強行犯三係と青山署刑事課の面々は、省庁の仕事始めの正月四日から国土交通省を中心に聴き込み捜査を強化したが、いまだこれという成果はない。

「霞が関での被害者の風評はどうだね」

「温厚、誠実、仕事はできる。官僚としての評価は満点です。与野党ともに国政選挙への出馬に向けて秋波を送っていたという噂も信じられます」

「所管下にある企業との仲はどうだ」

「融通のきかない面はあっても、きちんと対応してくれたと……伊藤とつき合いのあった企業関係者は一様に口をそろえています」

「殺害の背景も真っ白というわけか」

「気になる点がないわけでもありません」

「ほう」

「伊藤は一時期……省庁再編のさなかのことですが、エリート街道からはずれている。そのへんの事情を聴いたのですが、省内のだれもがあまり語ってくれません」

「当然だろうね。省庁再編からすでに十年が経過しているとはいえ、いまだ旧建設省と旧運輸省を中核にした権力闘争は続いている。もの言えば首筋が寒くなる」

「政治家が動いたとも聴きましたが」

「初耳だね」

田中がそっけなく応えた。

鹿取は、その口ぶりが勘にふれたけれど、突っ込まなかった。なにかを知っているとしても、おしえてはくれないだろう。

田中にことわり、煙草を喫いつけた。神経が騒ぎはじめている。

どうして田中は自分を呼びつけたのか。

その疑念は胸にくすぶったままだ。

横をむいて紫煙を飛ばし、腹をくくった。

「公安総務課の幹部は、二十七日を最後に、捜査会議にはあらわれなくなりました。たっ

ときの思いはいまも変わらない。変わらないどころか、強くなっている。

そんな男と手を組めば、あと戻りできなくなってしまう。

それでもいいじゃねえか。

頭のどこかで声がした。

鹿取は、ぐるりと首をまわし、口をひらいた。

「いまの部署は居心地がよくて」

「そうか。まあ、むりは言うまい。だが、やっかいになりそうなら連絡しなさい」

「あなたの敵になるかもしれません」

「それもおもしろい」

「そのときは、ばっさり始末してください」

「わたしを、なめるんじゃない」

声がとがった。眼光も鋼を射貫くほどに鋭さを増した。

ひるみそうになるのをかろうじてこらえ、声を発した。

「ひょっとして、特別捜査《トクソウ》チームを編成されてるのですか」

「応えられん」

「ホタルも……」

言いかけて、やめた。

田中がわずかに首をかしげた。

「螢橋がどうかしたのか」

「とぼけないでください」

「ん」

「ホタルが消えて三か月半。所在を知る者がいるとすれば、それはあなただけです」

「どうして」

「あいつはカモなんでしょ」

田中が相好をくずした。

「そうか、麻雀《マージャン》か。部署が変わったおかげで雑用が増えてね。螢橋とはかれこれ半年ほど麻雀をやってない」

鹿取は、田中の眼をじっと見つめた。

田中がまばたきもせずに受け止める。瞳は一ミリもぶれなかった。

螢橋の消息を知っているのか、知らないのか。

特別捜査チームが編成されているのか、否か。

田中の口ぶりや表情からは判断の手がかりさえもつかめなかった。

鹿取は、視線をそらし、ため息をついた。

「児島のほかに、螢橋……公安部に鹿取ありと言われた君でも、荷が重くはないか」

「いざとなれば、仲間も友も見捨てます」

田中が口元に笑みをうかべた。

その微笑の裏側を訊く気にはなれなかった。

田中の胸のうちは、すべて推察するしかないのだ。


勇ましい野郎どもに囲まれている。

正面にいるのは三好義人である。襟を立てた白のポロシャツの上に黄のセーター、ズボンは紺のコットンパンツ。笑顔の三好にはあかるい色がよく似合う。

左に若頭補佐の松本裕二、右には幹部の片岡康夫《かたおかやすお》がいる。

松本も片岡も大柄だが、百八十センチの片岡は肥満にちかい。

ほかに三人、三好組本部事務所の応接間の壁際に立っている。

時刻は午後五時になるところだ。

虎ノ門のホテルをでると、まっすぐ赤坂へむかった。

田中に会って、胸裡《きようり》の霧は濃くなってしまった。

――公安部が三好組の動向を察知すれば、ただでは済まんよ。君と公安部との、全面戦争になる。それでもやる気なのか――

――相手の出方次第ではそれも致し方ありません――

──多勢に無勢だぞ。君の情報屋は喧嘩に使えない。三好組もおなじだ──

三好の屈託ない笑顔も不安を消してはくれなかった。むしろ、不安を増幅させた。三好の気質を知りながら、やっかいなことを依頼した己のあまえを恥じてもいる。

鹿取は、ひえたビールをあおった。

三好組の事務所を訪ねれば、鹿取がなにも言わなくても、酒がでてくる。お茶代わりのビールのほか、二種類のボトルがテーブルに立つ。

おしぼりで口元をぬぐってから、三好に話しかけた。

「現場で面倒はおきてないんか」

「極楽タウンと呼ばれている街中では、ときどき見張りの者が監視され、追跡されるそうですが、いまのところ接触はないようです」

宗教法人・極楽の道は、五年前、神奈川県藤沢市の郊外にあった化学薬品工場の跡地を買収し、総本山と称して本堂を建立し、周囲を関係施設で固めた。

六百メートル四方のその土地がいまでは極楽タウンと呼ばれるようになった。

敷地内は碁盤の目に整備され、道路は一般人の通行も可能なのだが、本堂周辺と、教祖の宮沢鷺子の私邸がある一帯は厳重な警備がなされているらしい。

松本が、三好のあとを受けた。

「総本山での、暮れの三十日から行なわれた年越し祈禱祭は三日に終了したのですが、いまも全国から集まった信者の約一割、五百名ほどが敷地内に残っています」

「宿泊施設は万全なのか」

「最高幹部と高額寄付者の特別会員にあてがわれる個室が三十あるほか、支部長や各部署の幹部が寝泊りする二人部屋が五十あまり、在家信者用の三人から十人部屋が二百ほどあります。それぞれの部屋はホテルなみの設備だそうです」

「やけにくわしいな」

「やくざ者にも信心深いやつがいまして」

「三好組に信者がいるのか」

「はい」

三好が応えた。笑顔のままだ。

「そいつ、組長と教祖の、どっちに忠誠を尽くしてる」

「さあ。どうなのでしょうね」

「おまえの指示にさからわなかったんか」

「寝返ることもないかと」

「支部のほうはどうだ」

「総本山に十名と、神奈川県下の、横浜支部を中心に五か所で十名のほか、東京の主な支部五か所は片岡の乾分が見張っています」

「面倒とカネをかけさせて、すまん」

「とんでもない」

「日本極楽党の監視もやってくれているのか」

「はい。杉並区にある日本極楽党の本部には、六名が二十四時間体制で張り付き、党首の宮沢小太郎と、幹事長の浅井繁《あさいしげる》および事務局長の香川彰久《かがわあきひさ》にはプロの調査員が、こちらも昼夜を問わずに尾行しています。依頼先の調査事務所の所長はわたしが赤坂へ来てすぐからのつき合いなので、ご心配なく」

「心配してないわ。で、小太郎の動きは」

「総本山で行なわれた祈禱祭には初日からの三日間だけ参加し、正月二日には東京へ戻って、翌三日は党本部で新年会、四日の夜は党の婦人部と夕食会、さらに五日は赤坂のホテルで新年パーティを開きました。そこへ集まったのは財界をはじめ、各界の著名人で、スポーツ選手や芸能人もかなり参加していました」

「見てきたような口ぶりだな」

「ある財界人に連れて行ってもらいました。宗教界の玉三郎といわれるだけあって、なかなか華のある若者でした。百七十センチと小柄でも見栄えがよくて、しゃべりもうまい。女性の党員が急増しているという噂もまんざらうそではないでしょう」

「女にはだらしがないと聞いてるが」

「ほう」

「偶然なのだが、先週金曜日の夜、うちのスタッフが、なじみのバーに行ってね。そのとき、彼は宮沢鸞子の記事が載ってる雑誌を持っていた。それをママが見て、世のなかが不景気になるといかがわしい宗教が流行《はや》るのよね、と言ったそうだ。ピンとくるものを感じたスタッフが鸞子を知ってるのかと訊ねた。そのママは、ちょっと思案したあと、施設で一緒に暮らしていたと話しだしたらしい」

「二人は仲がよかったのか」

「妹のようにかわいがられたと言ってる。そのママは、両親が経営していた自動車修理工場が倒産し、五歳のときに施設に預けられたそうで、四つ上の鸞子にはずいぶん励まされたと……しかし、肝心な話はこれからで……」

麦田が視線をおとし、グラスを手にとった。

鹿取は、黙って待った。

三好も先を急《せ》かせようとはしなかった。

麦田が水割りを飲み、ふたたび口をひらいた。

「ママは十八歳で水商売の世界に入ったそうなんだが……」

「鸞子に出会《でくわ》したのか」

「そう。二十歳のころだったとか」

「なんと」

　鹿取は眼をまるくした。

「鸞子が二十四歳……息子を産んで二年くらい経ったときか」

「ママの記憶がたしかなら、そうなるね」

「二人は話したのか」

　麦田が首をふる。

「お店がはねたあとの、あるバーでのことで、自分は客と一緒だったし、鸞子も連れがいたので声をかけるのは遠慮したそうだ」

　鹿取は、麦田の顔をじっと見つめた。

「おいおい、でたらめじゃないよ」

「でたらめじゃないが、あんたのスタッフはうたぐってる」

「さすがは捜査一課の刑事さんだ。スタッフはなにか隠してるようだとも言ってる」

「で」

「えっ」

「さぐるように指示したのか」

「スタッフから報告があったのは翌日の土曜日で、日曜祭日と続くせいもあったが、ママとの接触は控えさせた。組長に決断してもらおうと思ってな」

「かしこい判断だ」

「ありがとう」

麦田がにんまりし、また水割りを口にした。

「あんたのスタッフ、しばらくその店に近づけんでくれ」

そう言い、鹿取は三好に視線を移した。

三好がちいさくうなずく。

ママの経歴を調べ、麦田のスタッフとの会話のウラをとる。

いちいち言わなくても、三好にはわかるのだ。


「仕事中に来てもらって、申し訳ない」

久保勝彦は頭をさげたあと、ベンチに腰をおろし、脇に杖を立てかけた。

建物を背にしたベンチの周囲はちょうど陽だまりになっている。

風もなく、コートがいらないほどの陽気だが、それでも、気になった。

児島要は、となりに座って話しかけた。

「お体にさわりませんか」

「いや。そとの空気にふれてるのが一番なんだよ。精神的にも落ち着く」

久保が遠くの空を見ながら言い、すこし胸をふくらませた。

「えっ」

「君は優秀な刑事だ。刑事をやるために生まれてきたような男だ」

「洋子が離婚を望んでるのですか」

「その気はまったくなかった」

「ということは、おとうさんからそういう話をされたのですね」

「ああ」

久保が吐息をもらした。

背がまるくなり、ひとまわりしぼんだように感じた。

「この歳になって、人生に落胆するとは思ってもいなかった」

「すみません。自分が至らないばかりに……」

「君のせいじゃない」

久保の声に、女の声がかさなった。

「久保さーん」

うしろの建物から看護師がやってきた。

「順番が来ましたよ」

小太りの看護師が久保の腕をとる。

「さあ、リハビリを始めましょうね」

児島は杖を持ち、久保の右手にあてがった。

「おとうさん……」

「わたしにまかせて、職務に集中しなさい」

児島はうなずいた。うなずくしかできなかった。


田園都市線のたまプラーザ駅にほど近いリハビリ専門の病院をでたあと、児島は電車を乗り継ぎ、霞が関へむかった。

義父の久保勝彦と話をしているあいだ、幾度か携帯電話がふるえた。留守電のメッセージも残っていた。

霞が関二丁目にある国土交通省の省内は、除夜の鐘とともに射殺事件は忘れ去られたかのような光景がひろがっていた。連休明けのきょうが実質的な仕事始めなのだろう。

ロビーのあちらこちらで新年の挨拶が交わされていた。所管下にある企業の社員と思われる者たちは一様に笑顔だった。

各階のオフィスも空席はまばらで、昨年暮れとは光景も雰囲気も一変している。職員たちの白いワイシャツが輝き、表情は溌剌《はつらつ》として見える。

児島は、総合政策局のフロアに足を運んだ。

文字どおり、国土交通省を統括する局で、キャリア官僚たちの多くはこの部署で総合的な知識を得て出世して行く。被害者の伊藤正志は、総合政策局の局長を二年務めたのち、昨年の四月に国土交通審議官に就いた。

伊藤がしばしば屋上にいたという話をしたのは総合政策局の女子職員たちであった。そのうちのひとりと眼が合ったとき、肩をぽんとたたかれた。

「なんで電話をよこさん」

上司の丸井係長が小声で叱《しか》った。

うしろにいる倉田の顔も不機嫌そうだ。

「急用とは言ってなかったですよ」

「うるさい」

丸井に腕をつかまれた。

霞が関を離れて三宅坂へむかい、国立劇場の近くにある喫茶店に入った。

時刻は午後一時半をすぎ、六つの卓に客は一組だけだ。

窓際の席に座ったとたん、腹の虫がなった。朝起きてすぐアンパンを牛乳で流し込んだきりである。義父の久保と昼食をと思っていたのだが、そうはならなかった。

いつもなら駅の立ち食い蕎麦《そば》屋にでも入るのだが、素通りしてしまった。食欲がなかったわけではない。とめどなく思案しながら歩いていたせいだ。

児島は、ドライカレーとスパゲティナポリタンを注文した。

丸井と倉田は職員食堂で昼食を済ませたらしく、コーヒーを頼んだ。

二人の表情は硬いままである。道すがらはほとんど無言だった。

児島は、自分のほうから口火を切った。

「そんなむずかしい顔をして、なにがあったんです」

「鹿取は、どこでなにをしてる」

丸井がまるで返答にならないことを言った。

「知りませんよ」

児島は、そっけなく返した。

鹿取は土曜の夜を最後に捜査本部にあらわれていない。

電話一本よこさない。

児島は、幾度か鹿取に連絡をとりかけたけれど、そのたびに思い留まった。電話で声を聴けば、会って相談したくなる。

暮れの二十八日は腹をくくって電話したのだが、むかった先の赤坂のクラブ・菫には三好組長と幹部若衆の松本が同席していて、結局、意識を失うまで酒を飲み、三好組事務所のベッドで眼が覚めた。

あの夜、鹿取が自分の悩みを知っているように感じられた。だから、鹿取は自分の呼び出しには応じずに、赤坂へ来るよう言ったのではないか。

そんな気がしている。

自分の悩み事を知っているとすれば、鹿取には思惑があるにちがいない。

その思いが児島の決断を後退させている。

「ほんとうだろうな」

丸井が声と眼ですごんだ。

「うそじゃありません。係長は連絡してるのですか」

「けさからだが、あいつ、電源をきってやがる。簡易留守電も使えん」

「つまり、けさ、なにか異変があったのですね」

「会議のあと、署長室に呼ばれた。集まったのは六名。署長のほか、桜田門の捜査一課長と、青山署の刑事課長と捜査一係長、それに、強行犯一係長と俺だ」

「星野理事官は」

「知るか。捜査会議にも顔をださなかったじゃないか」

「公安部の二人は来てましたよね」

「すぐに消えた」

丸井の口調はつっけんどんというか、投げやりな感じがする。

気にはなるが、まずは食事だ。

スパゲティをたいらげ、ドライカレーもあっという間に食べおえた。

アイスコーヒーを飲み、煙草を喫いつけたところで、丸井が口をひらいた。

「捜査方針がおおきく変わるかもしれん」

「えっ」

「おまえ、公安総務課がなにをする部署か、知ってるか」

「警視庁公安部のなかでもエリート軍団と聞いたことがあります」

「任務の中身は」

「知るわけないでしょう」

「聴いて……」

丸井が言いかけて、やめた。

児島には、なにが言いたかったのか想像できた。丸井は倉田の耳を意識したのだ。もちろん、児島は反応しなかった。

ややあって、丸井が話しだした。

「最も秘密のベールにつつまれた部署で、公表されてない捜査事案も多いらしい」

「例えば、どんな」

「政治犯、カルトを含む新興教団、テロリストなどだ」

「今回の事件、そのどれかが絡んでるのですか」

「きょうの幹部会議で、一応、そういう結論に達した」

「一応……」

「われわれの推測にすぎん。しかし、強行犯の一係と三係を中心に、百人ちかい捜査員を敷鑑捜査に投入しているのに、いまだ有力な情報を得られない。われわれが、いや、被害者周辺の人たちも知らない、なにかがあるとしか思えん」

「公安関連の極秘事案のうちの……」

児島は鼓動が早くなるのを自覚しながら言葉をたした。

「政治か、宗教か……」

「どっちにしても」と、倉田が口をはさんだ。

「犯行は、プロか、拳銃の扱いになれてる者のしわざだ。官舎の敷地内か、近くに潜んでいたと思われるのに、遺留品は、銃弾と薬莢、靴跡しかない。静かな住宅街で、人通りがすくないというが、それならなおのこと、犯人の行動はめだつはずなのに、ひとりの目撃者もあらわれていない。日時の設定といい、周到に計画、準備された犯行で、おそらく被害者は襲撃の以前から監視されていた」

「まったく、同感です」

「だろう。つまり、俺たちが現場から犯人を追跡するのは容易じゃない。犯人にたどりつくには、殺人の動機に迫るのが一番の近道だろう。けど、被害者の評判は知ってのとおりだ。怨恨《えんこん》の線は薄いし、仕事上のトラブルも考えづらい」

丸井が、熱っぽく語る倉田のあとを継いだ。

「そこまでは捜査員のだれもが思ってることだろう。しかし、思ってはいても、捜査会議で公安事案ではないのか、という声はあがらない。公安部との合同捜査になるのを嫌ってるのだ。それなら、われわれが捜査方針を明確に変更してやるしかない」

「公安部は、それを口実に、堂々と捜査に介入してきますよ」

「合同捜査はない。主導権は渡さん」

「公安部と張り合う気なのですか」

「そうは言ってない。が、きょうまで公安部はなにひとつ情報をくれなかった。そんな連中に遠慮も気兼ねもいるもんか」

「わかりました。それで、自分らはなにをやれば……」

「うん」

丸井が顎《あご》をひき、眼光をとがらせた。

「今夜の捜査会議で捜査の方向性を示し、あらたに班分けを行なうだんどりになったが、とりあえず、宗教と政治に的を絞る」

児島は、思わずため息をもらした。また、心臓が高鳴りだした。

倉田が顔を近づける。

「俺は、宗教じゃないかと思う」

「どうして……被害者の身内はそんなことを話してないのでしょ」

「役人は隠したがるもんだ。俺たちだっておなじじゃないか。警察内規は宗教にふれていないが、新興教団とのかかわりは戒められてる」

児島はうなずいた。

十年以上前におきた地下鉄毒ガス事件のさい、首謀者の新興教団に多数の警察関係者が入信している事実がわかり、警察上層部は愕然《がくぜん》とした。警視庁公安部でさえ、その事実のすべては把握していなかったのだ。あの事件が沈静化するまでの数年間、警察上層部は新興教団とのかかわりをきびしく指導してきた。表向きはカルト教団を対象にしていたけれど、昭和以降に設立された新興教団を視野にいれてのことであった。

「戻るぞ」

丸井が時計を見て、言った。

「いまからが勝負だ」

「フライングになりますよ」

「かまうもんか。犯人は三係が獲る」

倉田が力強く言い放ち、そとへ飛びだした。

児島要が丸井らと密談していた時刻、鹿取信介は、警視庁の一室にいた。

捜査一課長の坂上真也の顔はほんのりと赤く、上気しているように見える。

坂上が現職に就いて一年九か月。鹿取は、都内の所轄署に設置された捜査本部で顔を合わせるたびに、彼と衝突してきた。叱られ役というか、敵役というか、とにかく坂上は、鹿取を怒鳴りつけることで己の存在を誇示してきたふしがある。

その坂上に初めて呼びつけられた。

鹿取は、坂上と、彼のとなりに座る星野理事官の顔を交互に見つめた。

「もう一度、訊く」

坂上が語気を強めた。

「おまえ、捜査本部にも顔をださないで、なにをしてるんだ」

「なにも……しいて言えば、様子を見てる」

「ふざけるな」

「冗談で言ってるわけじゃねえ。おとなりにいる理事官に釘を刺されたんだ。今回は静かにしてろとね。で、じっとしてる」

坂上は視線を横へむけなかった。想定内の返答だったのだろう。

どうやら、坂上と星野は綿密に打ち合わせを済ませているようだ。

「蝙蝠《こうもり》みたいな野郎だな」

坂上がくだけた口調で言った。

鹿取は、ぐるりと首をまわした。それだけで集中力が高まる。

「用件に入ってくれないか。俺は、まどろこしいのが苦手なんだ」

「いいだろう」

坂上が横を見た。

彼の視線を受けて、星野が口をひらいた。

「やくざ者を使って、なにをさぐってる」

「ある男をさがしてもらってる」

「ふーん」

星野の反応はにぶかった。

ここへ来たからには、一方的な聴取で我慢するつもりはない。坂上と星野の腹のうちをさぐるためにはある程度の情報の提供も致し方ないと思っている。

それに、星野の最初の訊問《じんもん》で気づいたことがある。

星野は、固有名詞を使わなかった。やくざ者が三好をさしているのは明白なのに、彼の名は口にしなかった。鹿取がある男と言ったときの、星野の反応がにぶかったのは、だれかを予知しているからにちがいなく、それでも螢橋の名は言わなかった。

つまり、鹿取を呼びつけたのは二人の意志でも、二人の思惑は異なっているということで、星野は手持ちの情報のほとんどを坂上におしえていないと推察できる。

「公安刑事の手口など、俺には通用せん。これから先は、あんたでさえ、俺の行動はつかめんようにしてやる」

「やけに強気じゃないか」

「ふん」

鹿取は、鼻を鳴らし、視線を坂上に戻した。

「課長。これだけは忠告しておく。捜査本部が立ちあがった時点から、公安部の連中は主だった捜査員を監視してるはずだ。公安事案に手を突っ込む気なら、そのへんのことも充分に考慮するんだな」

「わかってる」

「ほんとにわかってるのか。突撃命令をかけた指揮官が途中で逃げたら、部下たちはどうなる。またかと失望するくらいならどうということもないが、反乱がおきれば、あんたらは無傷ではすまん。とことんやる覚悟はあるんだろうな」

「……………」

坂上が口元をゆがめた。

星野はあきれたような顔つきになった。

二人とも鹿取の過去を知っている。警察庁の出向組はもとより、警視庁生え抜きの幹部たちも、異動のたびに重要事案の引継ぎを行なっており、その事案のなかには要注意人物として鹿取信介の履歴が詳細に記されているはずである。

それを念頭において、鹿取はしゃべっている。

「あのときの……」

星野が声を搾りだすように言った。

「真実はどうなんだ」

「なんの話だ」

「おまえに関するファイル……」

「うるせえ」

鹿取は乱暴にさえぎった。

「そんなもん、俺には関係ねえ。過去の真実なんざ、クソ喰らえだ。そんなことより、あんたらの覚悟のほどを知りたい。仲間にむだ働きはさせられねえからな」

「仲間……」

星野がぼそっと言い、ひややかに笑った。

「おまえにそんな意識があったのか」

「あんたには縁のない言葉だ」

鹿取は言い放ち、腰をうかした。

覚悟のほどを聴けるとは端《はな》から思っていなかった。

聴いたところで、それをすんなり信じられるほど初心《うぶ》ではない。

「まて」

坂上が声を発した。

「もうひとつ、大事な話がある」

「ん」

鹿取は眉根をよせた。

ここへ来る前の、いやな予感がよみがえった。

「どうした。しけた面して」

エレベータを降りたとたん、声をかけられた。

強行犯一係の吉川がにやにやしながら近づいてくる。

白いワイシャツに紺のジャンパー。下は黒っぽいズボンに光沢のない革靴。いつもの見なれた格好である。角刈り頭に四角い顔。眼と鼻がおおきく、ずんぐりとした体格で、肩をゆすり蟹股《がにまた》で歩く様は、捜査一課の刑事というよりも、捜査四課か暴力団対策課のそれという雰囲気がある。

「つき合え」

「忙しい」

「そう邪険にするな。ちょっとばかし、そこらを散歩しようぜ」

言いおえるや、吉川が正面玄関にむかって歩きだした。

鹿取は、わずらわしさを捨てた。

内堀通を横切ったところで、吉川が話しかける。

「一課長に呼ばれたようだな」

「どうして知ってる」

「おまえがエレベータに乗るのを見かけ、行く先を確認した」

「どういう風の吹きまわしだ。いつもは、すれちがっても無視するくせに」

「じつは、俺も係長に呼びつけられた。つい二、三時間前に青山署で話したのに、桜田門に来いと言われてな。で、偶然、おまえを見かけた」

「俺を待ち伏せた理由は」

「それを言う前におしえろ。俺はさっき、捜査方針を変え、公安事案に的を絞ると伝えられた。おまえも、おなじか」

「そんなところだ」

「まじめに応えろよ。刑事部が正面きって公安事案に手を突っ込むなんざ、初めてだ」

「それでびびってるのか」

「ふざけるな。公安部ごときにびびってたまるか」

「それなら俺になんの話がある」

「一係と三係で連携しよう」

「したところで、公安部との衝突はさけられん」

「公安部はどうでもいい」

「ん」

「俺が心配してるのはうちの幹部らの腰が砕けることだ。とくにキャリア様は土壇場で保身に走りやがる。これまでだって、何度も煮え湯をのまされたじゃないか」

「連携したところで、連中の意識が変わるわけじゃねえ」

「一緒に約束をとりつけるてのはどうだ」

「はあ」

足が止まりかけた。

「気がふれたか」

「なにも無茶を押しつけるわけじゃない。俺らが手柄をあげそうな状況になれば公安部に邪魔させない。もちろん、公安部が犯人に近づいたときは俺らがあきらめる。そういう約束を交わす。公平だろうよ」

「そんな要求、公安部が受け容れるもんか」

「交渉の相手は捜査本部の幹部たちだ。連中が公安部と互角にやり合う腹をくってくれりゃ、捜査員の士気も高まる。刑事魂も燃え盛るぜ」

「あんた、意外とガキだな」

「男は皆、ガキさ」

「飛ばされるぞ」

「一係と三係が連携すれば、ほかの連中も仲間に加わる。そうなれば、総意だ。捜査本部にいる全員を飛ばすわけにはいかん」

「夢物語だな。保身に走るのは幹部だけじゃねえぜ。現場の刑事だって生身の人間だ。それに、あんた、大勢の仲間の将来に責任を負えるのか」

　吉川が立ち止まり、睨みつけてきた。

「俺とあんたの、二人ならやるか」

「やめとく。俺はシティボーイだからな。離島では生きて行けん」

「いきがってる割には根性がないな」

「そんなもん、生まれたときから、ない」

　吉川が薄く笑った。

「ひとつ、訊いていいか」

「なんだ」

「どうして一課長が直々なんだ。普通なら、俺みたいに、係長を経由するだろう」

「うちの係長がそう頼んだんじゃねえか。なにしろ、やっかい者だ」

「ふーん」

吉川があいまいな表情を見せ、あたりを見渡した。

左手に国立劇場がある。

「俺は半蔵門線で青山へ戻るが、おまえはどうする」

「散歩する」

吉川が離れ、交差点を右に折れる。

鹿取は、ポケットでふるえだした携帯電話を手にした。

――そのまま、坂をのぼって、半蔵門公園に入ってください――

電話で指示されたとおり、皇居半蔵門前の警察官詰所の脇から公園に入った。

半蔵濠沿いの公園は、道路ひとつを隔て、千鳥ヶ淵緑道につながっている。

春には桜見物でにぎわう公園も寒いこの季節はほとんど人がいなかった。都心の公園ではあたりまえのように見かける青いテントも段ボールも見かけない。

鹿取は、自由の群像と称する三体の裸像を背にして、ベンチに腰をおろした。

桜の木も丸裸だ。無数の小枝が天に突き刺さっている。

鹿取は、煙草を喫いつけ、視線を前にむけた。

深緑に染まる濠の水面は昼寝をしているように静かだ。

紫煙と一緒に、ため息がこぼれでた。

先の展開がまるで読めない。

それ以前に、相手の胸のうちが読めない。

——どうして一課長が直々なんだ——

強行犯一係の吉川の疑念は至極当然だと思う。

どうして自分を呼びつけたのか。

坂上と星野の態度と口ぶりから思惑のちがいを感じたけれど、それでも結束しようとする背景が見えてこなかった。

とくに気になるのは、星野の胸のうちである。

星野が持つ情報は公安部署から入手したとしか考えられない。それなのに、その情報を捜査一課の坂上課長に提供した真意はなんなのか。

星野とつながっている公安部署の関係者はそのことを、さらには、捜査本部の方針変更を知っているのだろうか。

頭のなかをいくつもの疑念が飛び交っている。

おまえならどうする。

ふと、ハマのホタルが思いうかび、携帯電話を手にした。

つながらなかった。

こんなときに、どこでなにをしてやがる。

いらだちの声が胸裡に響いた。

「おまたせしました」

酒井正浩がベンチの端に、鹿取とは逆向きに座り、あいだに新聞をおいた。

「尾《つ》けてた割に遅かったじゃねえか」

「念のために、尾行者の有無を確認していました」

「おまえじゃないのか」

「えっ」

「俺の見張り役よ」

「気づいてたのですか」

「なめるな」

「すみません」

「おまえ、自分も監視されてると思ってるのか」

「なにしろ、あなたは危険人物で……あなたとの腐れ縁がばれてるとは思いませんが、自分は気がちいさくて」

「腐れ縁、切ってもかまわんぞ」

「そういう状況になれば、遠慮なく」

鹿取は頬をゆるめた。

酒井は前をむいたままだ。横顔に緊張の気配が見てとれた。

かれこれ十五年前になる。

鹿取は、歌舞伎町の路地裏で袋叩きにされている若者を助けた。といっても、乱闘していたわけではなく、暴行する側のひとりが顔見知りで、おどし半分に話をつけた。そのあと、若者をなじみのバーへ担ぎ込み、傷の手当てをしてやった。

その若者が酒井だったのだが、そのときはお互いの名前も素性もあかさなかった。

三日後、鹿取はひさしぶりにでむいた警視庁の通路で酒井にばったり遇《あ》った。

当時、酒井は公安三課に配属されたばかりの新人で、ある右翼関係者を監視していたらしい。そのさなか、やくざふうの男らに囲まれ、殴る蹴るの暴行を受けたのだ。

酒井はまったく抵抗しなかった。のちにわかったことだが、乱暴した野郎どもが監視対象者の身内であった場合を考えての我慢だったらしい。

公安刑事に降りかかる災難はすべて己ひとりで処理しなくてはならない。

それが公安刑事に課せられた責務であっても、実行するのはむずかしい。だれでも命は惜しいので、切羽詰れば身分をあかし、難を逃れようとする。

しかし、酒井はみじめに殴られ、嘔吐《おうと》するほど蹴られていた。

事情を知らない鹿取は、根性のかけらもない、情けない男だと思いながらも、見るに見かねて助けたのである。

それが縁で、たまに飲み歩くようになったのだが、一緒に仕事をしたことはない。

そのおかげで、リーク騒動のときも、酒井は聴取の対象者にならなかった。

酒井は七年前に公安総務課へ転属し、いまは係のひとつをまかされている。

「あんまり、うちを刺激しないでください」

酒井がさらに声をひそめて言った。

「三好組のことか」

「藤沢の教団本部を見張ってもむだです」

「教祖は単なる飾りか」

「彼女のカリスマ性で信者が増えてるのは事実ですが、教団の運営は別です」

「人を惹《ひ》きつける魅力はあっても、指導力や経営力はないわけか」

「はい」

「組織の実権はだれがにぎってる」

「そこのところがはっきりしません。ただ、三人に絞られると思います。ひとりは、教団設立時に汗をかいた事務総長の米山悟《よねやまさとる》。かつてはテレビ局のプロデューサーで、いわば、教祖の育ての親ですが、七十三歳と高齢のうえ、心臓疾患で入退院をくり返し、彼の影響力は薄れつつあるようです」

「教祖との関係は」

「きわめて良好と思われます。彼に対する教祖の信頼は絶大とか」

「ほかの二人は」

「組織の統率力という点では、東京支部長の原口博文《はらぐちひろふみ》が筆頭でしょう。なにしろ切れ者と評判で、関東在住の教団幹部の多くは彼の側近といわれています」

「そんなやつに対抗する者がほかにもいるのか」

「教祖の息子の、宮沢小太郎がいます」

「おまえは以前、小太郎は党務に専念してると言わなかったか」

「言いました。しかし、状況が変わりつつあるようです」

「どう」

「教団の資産ですよ。将来はともかく、いまの日本極楽党を財政面で支えているのは教団です。教祖が健在のうちはなんの問題もないでしょうが、教祖にもしものことがあって、原口が教団そのものの実権を握るような事態になれば……」

「小太郎と原口は仲が悪いのか」

「原口は教団の政界進出にうしろ向きだったともいわれています」

「なるほどな。で、暮れの総選挙では思うほどに票が伸びなかった」

「惨敗の背景をそう読む者もいます。しかし、極楽の道の信者数は、公表の十分の一……われわれはせいぜい四十万人までと推測してるので、あんなものでしょう」

鹿取が口をつぐんでいるうちに、酒井が上体を動かした。

「そろそろ、消えます。くわしくは資料を読んでください」

「肝心な話を忘れていないか」

「えっ」

酒井が初めて顔をむけ、すぐに戻した。

「なんの話でしょう」

「捜査本部が方針を変更する」

「……………」

「ほんとうに知らんのか」

「ええ」

「公安事案に、それも公安総務課の事案に的を絞る腹を固めた」

「そのことで、あなたは警視庁へ……」

「俺なんて、蚊帳《かや》の外だ」

「それ、たぶん、うちの課長も知りませんよ」

「どうする」

「どうもこうも……刑事部の連中は、公安事案の捜査ノウハウを持ってないでしょう。そんな連中が土足でわれわれの島を踏み荒らせば、衝突するに決まってます」

「そうだよな」

「なんとかなりませんか」

「ならん」

「だれが音頭をとってるのですか」

「俺が会ったのは、捜査一課の坂上課長と、星野理事官だ」

「星野さんも……」

「そのへんの景色が見えてくれれば、打つ手もあるんだが……」

「やっかいな注文ですね」

酒井がため息をつき、背をまるめたまま去って行った。


いよいよ困り果てたような顔をしている。

鹿取は、児島をとくと見つめ、笑い声を立てた。

それでも、児島の表情は変わらない。

あの澄み切って力強い眼はいったいどこに忘れてしまったのか。

さえないのは眼だけではなかった。見るからに頬がこけ、血色も悪い。

「おい、要。グイといけ」

鹿取は、いつもの盃ではなく、グラスに酒を注いでやった。

不意を衝かれたように、児島が腕を伸ばし、グラスをつかんだ。ひとにらみし、意を決するかのように眼を見開き、グラスをあおった。

トンと乾いた音がした。

児島がグラスを手放した。

わずかばかり、瞳が輝きをとりもどしている。

「鹿取さん。相談があります」

「聴こう」

鹿取も盃をおいた。

児島が食事処・円にあらわれて十分はすぎている。

いつものように鹿取の正面に胡座をかいたものの、上着は脱がず、酒にも手を伸ばさないで、黙りこくってしまった。女将の高田郁子が料理を運んできて、児島に声をかけようとしたのだが、あまりの面相に肩をすくめ、無言で去った。

料理は手つかずのままだ。

児島が両の手のひらを膝にあてる。肩がとがった。

「女房が、新興教団にのめりこんでしまいました」

「どこだ」

「極楽の道です」

「いつから」

「気づいたのは去年の秋でした。自宅に仏壇が届いて……何度もやめるように説得したのですが、ますますかたくなになってしまい、とうとう、東京支部の幹部になったらしく、おまけに、日本極楽党の婦人部の副部長にもなったとか」

「将来は政治家をめざすのか」

「冗談はやめてください」

児島が声を荒らげた。

鹿取は意に介さない。児島を見た瞬間に、ある決断をした。

「好きにさせりゃいいじゃねえか」

「本気で言ってるのですか」

「そうともよ。宗教ってのは麻薬とおんなじだ。他人がどんな手を使ってやめさせようとしても、本人の意志が変わらなければ、どうにもならん」

「しかし、自分は警察官です」

「それがどうした」

「……」

児島が唇を噛んだ。頬の肉が痙攣《けいれん》しはじめた。

予想もしない展開だったにちがいない。

鹿取は、肘を張り、斜に構えた。

「おまえ、俺にどうしてほしいんだ」

「どうって……助けてください」

「そんな台詞、聴きたかねえ。おまえ、S1Sの一番星、児島要だろうが」

「これから先、捜査一課の刑事を続けられるかどうか。鹿取さんは知らないでしょうが、先刻の会議で捜査方針の変更が伝えられ、公安事案、それも政治と宗教に的を絞ることになりました」

「ふーん」

鹿取はそっけなく返した。

午後七時からの捜査会議には出席しなかった。

会議室の雛壇にならぶ幹部連中の面構えと、公安総務課の大竹課長の反応を見たかったのだが、それ以上に気になることがあった。

鹿取は、半蔵門公園から赤坂へむかい、三好義人の報告を聴いたあと、赤坂通のバー・由乃《よしの》にひとりで足を運んだ。麦田法律事務所のスタッフの行きつけの店である。極楽の道の教祖、宮沢鸞子と養護施設で一緒だったというママの経歴は調査中で、横浜の歓楽街での話のウラもとれてはいないのだが、とりあえず、岡村《おかむら》由乃というママの顔を見ておきたかった。ひと言二言でも話をすれば、あとはなんとかなる。差しで話す機会をつくるためにも、由乃との接点を持ちたかった。

坂上課長の言葉に触発され、由乃への関心がふくらんだ。

警察庁の田中に呼びだされたせいもある。

――最終目標はちがっても、方向性はおなじだよ――

あのひと言が背を押した。

警視庁公安部の酒井が身の危険もかえりみずに情報を提供してくれるのも、己のひらめきに似た関心を予断に替えた。

とはいえ、予断である。それが確信に変わる保証はなにもない。

ただ現実として、児島のことがある。

だから、由乃が気になるのだ。

鹿取が口開けの、それも一見《いちげん》の客のせいか、由乃は愛想よくもてなしてくれた。気さくな感じがするけれど、ぬかりない眼をしていた。笑顔で話しながらも、細い眼はすばやく左右に走った。

それが印象に残った。

三十分でひきあげたのは由乃に余韻をひきずらせるためだ。鹿取は素性もあかさずに、袖看板の由乃の文字が気に入ってのぞいてみた、と話してある。

店をでたあと児島の携帯電話に伝言を残し、円で時間をつぶしていた。

「鹿取さん、知ってたのですか」

「なにを」

「捜査方針の変更ですよ」

「いずれそうなるとは思ってた」

「どっちなのです。政治ですか、それとも……」

「いいかげんにしねえか」

乱暴に言い放った。

だが、児島は退かない。懇願するように顔を近づけた。

「おしえてください」

「なにをびびってやがる」

「もし今回の事件に新興教団が絡んでるとすれば、自分は捜査本部をはずされる。飛ばされるかもしれません」

「女房が宗教にはまってるくらいで、てめえの刑事生命はおわるのか」

「……」

「それで飛ばされるのなら、てめえの刑事としての器もたかが知れてるってことよ。俺もホタルも、三好も、男を見る眼がなかったってことだ」

「しょせん、ひとりの刑事です」

「帰れ」

鹿取は怒声を浴びせた。

「おまえの愚痴など聴きたかねえ。帰って、女房に泣きつきやがれ」

「そんな……」

児島が睨んだ。

鹿取は、首を右に左に傾け、視線を合わさなかった。

突然、ガシャと音がした。

児島が部屋を飛びだし、階段を駆け降りる。

鹿取は、ゆっくりふり返った。

壁が濡《ぬ》れ、床にガラス片がちらばっている。

濡れた箇所から二筋三筋、細いしみが垂れた。

それをじっと見つめた。

どれくらいの時間が流れたか。

鹿取は視線を戻し、煙草を喫いつけた。

やたら辛い。舌も咽もヒリヒリする。

しい口調で捜査方針変更の背景と真意を問い質《ただ》し、それに坂上が怒鳴り返したことで場内は騒然となり、暫時の休憩を余儀なくされる一幕もあったが、今夜は幹部も捜査員も騒動をおこす気力さえ失《う》せているようだ。

地取り、敷鑑、ナシ割りの各班の捜査員が淡々と捜査状況を報告し、幹部らの突っ込みもほかの捜査員からの質問もないまま三十分が経過した。

警視庁の花形部署の捜査一課強行犯の二個係が投入された陣容とはいえども、公安事案に立ち向かうノウハウを持っていないのだから捜査が難航してもあたりまえである。

しょせん、餅は餅屋なのだ。

そろそろお開きか。

鹿取がそう思ったとき、青山署刑事課長の森下達郎が声を発した。

「星野理事官にお訊ねしたいことがあります」

「なにかね」

星野が冷静な口調で応じ、ひと回り歳上の森下を、教師が生徒に接するようなまなざしで見つめた。捜査会議が紛糾しようと、沈滞しようと、星野の表情は変わらない。鹿取には覗《のぞ》かせる感情の露出も、雛壇に座っているあいだはまったく見せない。

「そちらにおられる……」

森下が手のひらを雛壇の端にむけた。その先に大竹がいる。

「公安部の方々と意志の疎通はできているのでしょうか」

「どういう意味だ」

「公安部のお二人は幹部会議に出席されていないので……それに、幹部会議では公安部の動きについての報告がないので、お訊ねしているのです」

「こういう場で質問することか」

「あえて……このままでは、捜査員の士気が落ちる一方です」

「不慣れな事案なので、捜査が難航するのはあるていど予測していたが、一週間で音をあげるとは情けない。士気が落ちるとまで言うのなら、いっそ捜査本部を解散し、あらたに陣容を立て直すほうがいいかもしれんな」

「そんな乱暴な発言、聴いたことがありません。無責任です」

森下が顔を赤らめ、声をうわずらせた。

「無責任なのは君らのほうだろう。困難な事案ほど一致団結し、一日一歩でも半歩でも犯人に近づくのが捜査員の責務ではないか」

「もちろん、ここにいる皆が犯人を捕まえたいと願っています。しかし、おなじ捜査会議の場にいる者が情報をださずに、高みの見物では……」

「口がすぎるぞ」

捜査一課長の坂上が声を荒らげた。

森下が眼の玉をひんむき、のけぞる。

わずかな間が空き、雛壇の端から声があがった。

「いいだろう。われわれの手持ちの情報をおしえよう」

大竹の唐突な発言に、場内がざわついた。

坂上が鋭い眼光を横へ飛ばした。

星野は表情も顔の向きも変えなかった。

中山がおどろいたように口を半開きにして上司を見つめた。

鹿取は、彼らの表情をしっかり頭に刻みつけた。

「われわれの関心事は、被害者と、宗教法人・極楽の道とのかかわりだ」

場内のあちらこちらで、「ほう」とか「ええっ」の声があがった。

大竹が捜査員たちをながめまわして言葉をたした。

「しかし、確証をつかんでいるわけではない」

「その発言、うのみにはできません」

即座に反応したのは吉川である。

やつは本気なのか。

鹿取は、連携を持ちかけられたことを思いだした。

あの日以降、吉川が幹部らとひと悶着をおこした様子はないので、吉川の提案は一時的な感情によるものだと思って失念しかけていたのだった。

吉川の無礼な発言にも、大竹は動じなかった。

「なぜかね」

「事件が発生し、ただちにわれわれが現場へ出動したとき、すでに公安部らしき連中が大勢きていた。つまり、被害者は公安部の監視対象者だったのではありませんか」

「被害者の周辺を内偵中だったのは認めよう。しかし、通常任務にすぎなかった」

「内偵捜査の中身をおしえてください」

「現時点では応えられん」

「それでは情報の提供にはなりません」

吉川が語気を強めた。

しかし、大竹は平然と口をひらいた。

「公安事案はすべて極秘扱いになっている。その一部をこうして話したのだから、わたしはその責任を問われるだろう。これ以上の質問は、わたしに死ねということかね」

「では、質問を変えます。どうして、話されたのですか」

「捜査本部の窮状を見かねたからだ」

「お言葉ですが、それもにわかには信じられません。これまでの経験からして、公安部の皆さんに、武士の情けがあるとは、とても思えない」

「もうひとつの理由を言おう。それは、ここにいる捜査員のだれかが自棄《やけ》っぱちになり、マスコミにあらぬことをしゃべったりしないようにするためだ」

「リークするほどのネタなど持っていません」

「だれとは言わないが、捜査本部が公安事案に的を絞ったとマスコミ関係者にしゃべった者がいる。さいわい、そのマスコミ関係者の口は封じることができたが、ほかにも口のかるい捜査員があらわれないともかぎらん。わたしの発言は、君たちへの警告でもある。これから先、捜査員にあるまじき言動をとる者があらわれたら、容赦しない。公安捜査の邪魔をする者は、桜田門の仲間であろうと、きびしく対応する」

「あなた方は、ここにいるわれわれも監視してるのですか」

「勝手に想像しなさい」

大竹がそっけなく言い、腰をあげた。部下の中山もあとに続いた。

また、ざわめきがおきた。

「うろたえるな」

坂上のひと声がそれを鎮めた。

「おまえら、それでも刑事か。警視庁の刑事部と公安部の軋轢はいまに始まったことではない。それを忘れて、公安部に情報をねだるなんて、どうかしてるぞ。とくに、吉川っ。おまえは、捜査一課の看板に恥を塗る気なのか」

「そんなつもりは毛頭ありません。せっかく青山署の森下課長が口火を切られたので、加勢しなければ、それこそ捜査一課の面目が立たんと思っての質問でした」

「それならいいが……皆、いまの屈辱を励みにして、捜査に邁進《まいしん》しろ」

坂上が舌鋒鋭く捜査員を叱咤《しった》しているあいだ、となりの席の星野は、顎をあげ、じっと天井の一点を見つめていた。

鹿取は、星野の胸のうちを読んだ。

森下の発言は、ほんとうに部下たちの気持ちを汲《く》んでのことだったのか。

——こういう場で質問することか——

星野が言うとおり、場をわきまえない、不適切な発言だと思う。ましてや、森下は捜査本部の幹部のひとりで、会議の議事進行役を務めているのだ。

しかし、気になるのは、星野の発言もおなじである。

——いっそ捜査本部を解散し、あらたに陣容を立て直すほうがいいかもしれんな——

あんな過激な発言がすらすらとでるものなのか。

茶番劇か。

その思いは強くあるが、シナリオを書いたのが星野なのか、あるいは、坂上と星野の共作なのか、ほかの組み合わせもあるのか、とんとわからない。

捜査方針の変更そのものが、鹿取には不思議でならないのだ。

青山署をでて、赤坂方面へ歩きだした。

捜査会議がおわったあと、同僚の倉田に三係の警部補三人で裏会議をやろうと誘われたけれど、ことわった。やったところで、なにも先が見えるわけではない。単独捜査が得意な三人だが、宗教関連の情報を持っているのは自分ひとりだろう。いまのところ、自分の情報を足場に児島や倉田と連携するつもりはまったくない。

鹿取は、ふてくされる倉田を無視して会議場を去ったのだった。

すこし歩くと、追いかけてくる靴音を聞いた。

児島が肩をならべてきた。

「どうしたのです」

「なにが」

「せっかく鹿取さんの出番だったのに」

「俺に、古巣と喧嘩させたいのか」

「そうではありませんが、あそこで突っ込めるのは鹿取さんしかいなかった」

「ふん」

「鹿取さんに期待したの、自分だけではなかったと思います」

「ん」

「星野さんと森下さんがやりあってるあいだ、坂上課長はじっと鹿取さんを見ていた」

「よく観察してるじゃねえか」

「あれ、鹿取さんを意識したやりとりだったような気がします」

「俺はまだ裏切り者ってわけか」

「そうではなくて、鹿取さんの存在をおそれてるのでしょう。なんといっても、元は豪腕の公安刑事だった」

「ふん。くだらんことをぬかすな」

「大竹課長が情報をちらつかせた意図はなんだと思います」

「やつが言ったのは本音だ。公安捜査の最大の敵はマスコミだからな」

「そのための茶番ですか」

鹿取は思わず足を止め、見開いた眼で児島を見つめた。

「おまえ、いい勘してる……かもしれん」

「幹部全員で捜査員をだましたのですか」

「幹部の総意かどうかは別にして、大竹の発言はだましじゃねえ。おどしだ。わずかな餌を与えて、捜査員の口を封じた」

「これから先、われわれの標的は極楽の道になるのですね」

「まいったか」

準備は万端である。一週間で四日も赤坂のバー・由乃へかよいながらも、ママの岡村由乃をそとへ連れだささなかったのは、彼女に関する情報が集まるのを待っていたからだ。

三好の報告を聴いてすぐにかけた電話で、由乃はあっさり深夜のデートを受け容れた。そうなるとの予感はあった。先週金曜の夜に、由乃に誘われ、それをいかにも残念そうにことわると、由乃は顔に未練をうかべ、瞳に女の情を宿した。

そのときはすでに、由乃がひと月前に出版社の役員と別れた事実をつかんでいた。由乃は女盛りの四十五歳である。色気を肥やしに夜の世界で生きてきたのも彼女の遍歴でわかっている。どう見ても鹿取が店の上客になるとは思えなくても、女を楽しませてくれる男なのは、プロの女にはわかるのだろう。

もちろん、鹿取は女の欲望には応えてやる。

しかし、今回はほかに目的がある。

心構えは公安刑事時代に戻したつもりだ。目的のためには手段は選ばない。

鹿取は、ひと息にグラスを空けた。

視線をステージのボーカリストにむけたとき、携帯電話がふるえた。

その場で耳にあてた。パネルには由乃の携帯電話の番号がならんでいる。

「おくれそうなんか」

《あなたは、北野譲二さんか》

男の声がした。
北野はバー・由乃で使った偽名である。
「おまえは、だれだ」
《警視庁捜査一課の山村《やまむら》といいます》
「刑事がなんで由乃のケータイを使ってる」
《いま、どちらですか》
「その前に、質問に応えろ」
《会って話します》
「由乃はどうした。そばにいるのか」
《ええ。もう話はできませんが》
「なにっ」
《その声は……》
「やっと気づきやがったか。現場はどこだ」
《バー・由乃……あんた、由乃のママと……》
「そこで待ってろ」
言い終えたときはすでに店を飛びだしていた。

深夜の赤坂通がパトランプで赤く色づいている。

鹿取は、雑居ビルの狭い階段を使って三階に駆けあがった。

エレベータ脇にあるバー・由乃の扉は開いていた。

通路にも店内にも鑑識係の連中が這いまわっている。

すでに岡村由乃の遺体はなかった。

殺害の現場は右手カウンターの端、入口に近い箇所のようだ。グレイの絨毯《じゅうたん》が直径三十センチほどの円状に黒ずんでおり、その周辺にも血痕がある。

刃物で刺しやがったか。

鹿取が胸のうちでつぶやいたとき、肩に手が乗った。

ふりむいた先に、強行犯七係の山村猛夫《たけお》警部補がいた。

山村が顎をしゃくり、きびすを返した。

鹿取は、あとにつづいて、路上に戻った。

山村が立ち止まる。

「どうする」

「はあ」

「赤坂署で訊問を受けたいか」

「くだらんことをぬかすな」

「そうでもないだろう。いまのところ、あんたは容疑者のひとりだ」

「ついて来い」

鹿取は、山王坂方面に歩き、雑居ビルの一階のドアを開けた。

「おい」

背に声が刺さる。

「ここはカラオケボックスじゃねえか」

「邪魔は入らんぞ。女と遊ぶところだが、今夜はおまえを特別招待してやる」

ボーイに案内されて、二階の一室に入った。

ゆったり十人は座れる。ちいさなカウンターバーもある。三好組の企業舎弟が経営する店で、この部屋は三好専用になっている。鹿取もときどき、女と遊ぶときや、胡散《うさん》臭い野郎を締めあげるときに利用する。

鹿取は、二人分の水割りをつくって、奥のソファに腰をおろした。

「さあ。なんでも訊いてくれ」

「あんた、どこにいた」

山村の口調はおとなしい。密室に二人きりなので警戒しているのだ。過去の記憶がよみがえったのかもしれない。十二、三年前になるか。鹿取が公安事案で内偵捜査中に、別の事案である男を尾行していた山村とぶつかった。素性をあかさない鹿取の態度に腹を立てた山村が息巻いたので、鹿取は殴り倒してしまった。

鹿取が強行犯三係に転属になったあとは一度もおなじ事案を共有したことはないが、それでも、顔を合わせるたびに山村は不快な顔を見せる。

「犯行時刻は」

「たぶん、午前零時半前後だな。最後の二人連れの客が店をでたのは零時十分ごろ。二人のホステスのうち、ひとりは十一時半に帰り、もうひとりは二人連れと一緒にでた。そのとき、ママの由乃は時間を気にしている様子で、いつもは路上まで客を見送るのに、エレベータにも乗らなかったらしい」

「目撃者は、なしか」

「ひとり、ちらっとだが、階段を駆け降りる男が目撃されてる。見たのはバー・由乃とおなじフロアの店のママで、その女が客の見送りを済ませて店に戻る途中、開いてるドアから由乃が床に倒れているのを発見し、一一〇番通報した」

「その時間なら、俺はタクシーのなかだ」

「証明できるのか」

「SMタクシーの、富士という運転手に訊け」

「どうして名前まで覚えてる」

「習慣だ。よく忘れ物をするからな」

「由乃との関係は」

「今夜、男と女の仲になる予定だった」

山村が口元をゆるめかけ、すぐ真顔に戻した。

「あんたがかかえてる事案と関係ないんだな」

「もちろん」

「由乃について、知ってることをおしえてくれないか」

「なにも知らん。あの店にぶらりと入って、まだ一週間しか経ってない」

「けど、気に入ってたんだろうが」

「俺はひとめ惚れがはげしい」

「まともに応えないと、赤坂署に連れて行くぞ」

山村が語気を強めた。

「よせ。だれが仕切るにせよ、幹部連中が迷惑するぜ」

「それもそうだな」

鹿取は、ひと息でグラスを空け、スコッチを注いでから、視線を山村に据えた。

「捜査情報を流してくれるのなら、協力するぜ」

「本気か」

「ああ。由乃は好みの女だった。供養してやりたい」

「ふーん」

山村が腕を組んだ。

鹿取は畳みかけた。

「刺殺のようだが」

「鳩尾《みぞおち》をひと突きされていた。傷口はその一箇所で、ほぼ即死のようだから、鋭利な刃物で刺したあと、グイと突きあげ、刃先が心臓か肺に達したんだろう」

「あきらかな殺意というわけか」

「そうなる」

「抵抗した痕跡はどうだ」

「ない。顔見知りか、あっというまの犯行だな」

「盗《と》られたものは」

「たぶん、ない。レジのカネも、バッグもそのままだ」

「目撃された男の風体は」

「あんた」

山村がすごんだ。

「ほんとうに手を組むんだろうな」

「二言はねえ。俺がだましたら殴ってもかまわん」

「よし。乗ってやる。あしたの朝、体を空けといてくれ」

山村が腰をうかした。

「その前に……」

鹿取は手を伸ばした。

「なんだ」

「ケータイを見せろ」

「あんたの着信履歴を消したいのか」

「いいから貸せ。それが契約の始まりだ」

山村が渋々の顔で携帯電話を差しだした。

鹿取は、由乃の携帯電話のデータを自分のそれに写しとった。


翌日の午後一時、鹿取は、警察庁の田中一朗と会っていた。

いま、赤坂にあるホテルの、日本料理店の個室にいる。

俺はいったい、だれに見張られているのだろう。公安総務課の酒井のほかにも監視者がいて、その者が田中に報告しているのか。

二時間前に、携帯電話を見つめながらそう思った。強行犯七係の山村に呼びだされ、六本木の喫茶店で話しているさなかのことである。

——三好組を動かしたのは、捜査と児島……どっちのためだ——

田中の言葉におどろきながらも、危機感はめばえなかった。むしろ、田中に見守られているという安心感が胸裡にひろがった。

——わたしは、君の単独捜査に期待してる——

とどめのひと言は、ひねくれ根性をさらすほどに余裕を持たせてくれた。

しかし、状況は激変した。

いまは公安部の存在そのものがうっとうしい。

青山署の捜査本部が公安事案に的を絞ったせいだ。そのうえ、前夜の捜査会議で反吐《へど》のでそうな茶番劇を見せられ、公安総務課の大竹は宗教法人・極楽の道を口にした。あってはならないことだ。現在進行形で内偵捜査中の公安事案を口にするなど前代未聞の出来事で、本来なら大竹の発言は失職どころか、万死に値する。

田中の電話は大竹発言を受けてのことなのか。

ここへくる途中、そんなことを考えた。

田中はおだやかな顔で日本酒を飲み、料理をつまんでいる。

向き合って三十分、田中は大竹の件にひと言もふれなかった。神奈川県警の螢橋政嗣のホの字も口にしない。来年度予算で紛糾をきたしている国会と、政党の内輪話を、おもしろおかしく、風刺を利かせて話した。

鹿取はそれにつき合っていたのだが、そろそろ我慢も限界に近づいてきた。

箸を置き、田中を見据えた。

「自分を呼んだ理由をおしえてください」

「激励だよ」

「信じられません。警察内部で不穏な動きがあるのですか」

「どうかな。あるとしても話せん。君はわたしの相棒ではない。連携も拒否された」

「それならどうして」

「君の単独捜査に期待する……それは、いまも、これから先も変わらん」

田中が淡々と応えた。

鹿取は、すこし前のめりになった。

「ひとつだけ、おしえてください。公安部の意図を」

「大竹の発言か」

「はい」

「あんなもの、君の邪魔にはならんだろう。それとも、君はその程度の男か」

「己の程度なんて、わかるはずがありません。わかろうとも思いません」

「それでいい」

田中が酒を口に含み、咽を鳴らした。

「大竹の発言の裏には、政治力がある」

「つまりそれは……」

早口になったが、あとの言葉は田中の手のひらにさえぎられた。

「君の捜査に関係ない。わたしの興味の箱にも入っていない」

「南青山の事件にかかわっているとしてもでしょうか」

「そうだ」

田中がきっぱりと言い放ち、額に垂れる前髪を右手の指ですくいあげた。

額がひろくなったか。

そう感じた。

十年前は髪を七・三にわけていた。出世する官僚の典型のような、知的で、隙のない細面の真ん中で、黒い瞳だけが赤子のそれに似ていたのを覚えている。

「周囲で何人殺されようと、政界の構図は変わらん。日本の法律は個別の事案にのみ対処する仕組みになってるからね。国会議員に連座制が適用されるようになったとはいえ、それが政党や、政治そのものに及ぶことは、天と地がひっくり返ってもありえない」

「あなたは……」

鹿取は声をのんだ。言葉がでなかった。己の領分との距離に眼がくらみかけた。

田中が酒で間を空けたのち、口をひらいた。

「赤坂の粋人だが……」

「はい」

「そろそろ退かせてはどうかね」

「そのつもりです。しかし、三好義人はまっすぐな男で……右や左やと、自分のわがままを受け容れてくれるのかどうか、自信がありません」

「あまり警察を刺激すれば、昔の政治的決着まで蒸し返されかねない」

かつて三好は、螢橋の協力要請を受け、北朝鮮の覚醒剤密輸事案をさぐっていた。内偵捜査の最終局面で、螢橋と北朝鮮工作員が激突したさい、三好は工作員のひとりを射殺した。拉致《らち》されかけた民間人を保護し、螢橋の危機を救ったことで、射殺事件に関しては政治的判断によってマスコミには発表されず、銃刀法違反の罪による二年の実刑判決で幕が降ろされた。超法規の措置は田中の尽力によるところがおおきいと聞いている。

「ご迷惑をおかけします」

「わたしのことはどうでもいいが、ちかごろ稀《まれ》な粋人がいたぶられるのは忍びない」

「わかりました。なんとかします」

「どうするのか……楽しみだ」

田中の悪戯《いたずら》口調に、つい、神経がゆるんだ。

「こんど、三好をまじえて飲みましょうか」

「いいねえ」

田中が屈託なく笑った。

鹿取は、手のひらを頭に乗せた。

縦長の額のなかで天女が舞っている。

右手を前に伸ばし、左手の人差し指は斜め上をさし、まるい顔はやさしくほほえんでいるように見える。いささか滑稽《こっけい》に感じるのはやたら眼がおおきいせいだろう。

菩薩の生まれ変わりは、羽衣をまとった天女なのか。

児島要は、その絵をながめながら、本の一文を思いだした。

大衆に手を差し伸べて、極楽へ導く。

たしか、絵をそう解説してあった。

杉並区のはずれにある宗教法人・極楽の道の東京支部を訪ねたところだ。

洋間の応接室には、白い革製のソファのほか、天女の水彩画と、サイドボードしかない。

濃い紫色のサイドボードには、書物が二段にならんでいる。

すべてが教祖の宮沢鸞子の著作である。

そのうちの数作を流し読み、一応の予備知識は得ているが、使うつもりはない。宗教論をぶつけ合う気などさらさらないのだ。

児島は、お茶で唇と舌を湿らせた。

そこへ、うしろの扉が開き、恰幅のいい男が入ってきた。

東京支部長の原口博文なのはすぐにわかった。

数珠を手にした原口が正面に座る。

「これまで何度かご連絡をいただいたのに、きょうになってしまい、申し訳ない」

丁寧だが、傲慢《ごうまん》さをにじませた口調だった。

いかつい顔をしている。宗教家というより、やりての興行師という雰囲気がある。臙脂《えんじ》のピンストライプが走る黒のダブルのスーツに深紅のネクタイ、数珠を持つ手の先にはゴールドの太いブレスレットが光っている。

児島は気分が重くなった。見るからに苦手なタイプである。

妻の洋子はこんな男にたぶらかされているのか。

そう思うだけで吐きそうになる。

「お話を伺いましょう」

原口がソファに背を預けた。

児島は、臍に力をこめた。

「なんとしても妻を脱会させたい。協力してもらえませんか」

「いきなり、なんですか」

原口が薄く笑った。

「電話でも話しました」

「わたしは初めて聴く。もちろん、広報担当の者から、児島洋子さんのご亭主が、奥さんの脱会を希望しておられることは耳にしたが」

「あなたは洋子をかわいがってるとか」

「彼女だけではありませんよ。教祖様もわたしも、信者のみなさん全員に、惜しみない愛情を平等に注いでいる」

原口が数珠をはさんで両手を合わせ、言葉をたした。

「児島洋子さんは、じつに熱心な信者でね。信心深いばかりではなく、わが教団の活動には積極的に貢献されている。その真摯《しんし》な姿勢が認められ、広報部の副部長に抜擢《ばってき》された。異例の速さではあるけれど、わたしの独断で決めたわけではない。彼女の誠実な貢献ぶりをくわしく話しましょうか」

「聴きたくない。とにかく辞めさせてください」

「警察組織は信仰の自由を認めていないのですか」

「そんなことは関係ない。自分の意志でここへ来てる」

児島は語調を変えた。警察組織と口にした相手にもはや遠慮はいらない。このままでは宗教の自由を大義の盾として突っぱねてくるだろう。

「あなたの奥さんから相談を受けた。自分は夫にも入信してもらい、家族で御仏様のお慈悲に預かりたいのだが、夫は警察官という立場で苦慮していると……彼女が涙を流しながらそう訴えるので、わたしはこうしてあなたに会ってる」

「ばかなことを……」

「警察官に信教の自由はあるのですか、ないのですか」

「自分には、ない」

児島はきっぱり言った。

「政治も宗教も、なんでも、警察官は自由を認められているが、自分はちがう。警察官はすべてにおいて中立であるべきと思ってる」

「建前論はおよしなさい。自分が苦しくなるだけだ」

「そっちのほうこそ……」

あとの言葉をのみくだき、奥歯を嚙んだ。

頭の芯がズキズキしてきた。

こうなることは想定内でも、実際に直面すると、血管のあちこちが切れそうになる。

児島は、妻への説得を我慢している。

洋子は何事にものめりこむ性格で、身内のことに関してはことさら思い込みがはげしくなる。むりに説得しようとすれば、よけいかたくなになってしまう。そういう気質なのは結婚前からわかっているのに、児島も頑固で一途な性格だから、むきになる。

――女房が宗教にはまってるくらいで、てめえの刑事生命はおわるのか――

鹿取の、突き放したような言葉が我慢を支えてくれているのだが、せめて一度だけでも教団と掛け合ってみようと思い、足を運んだのであった。

胸の片隅には南青山の射殺事件がある。

――被害者と、宗教法人・極楽の道とのかかわりだ――

公安総務課の大竹課長の発言がなければ来なかっただろう。

心の奥底で、事件と教団がつながるのを望んでいるのかもしれない。

教団のよごれた一面を暴き、それをきっかけに洋子を脱会させる。

事件とは関係なく、そういう思いもある。

「話が嚙み合いそうにないので失礼する」

原口が腰をうかしかける。

児島は、あわてて声を発した。

「伊藤正志さん……ご存知ですか」

「ほう」

原口が口をまるめ、座りなおした。

児島は、背をまるめた。刑事に戻りつつある。

「応えてください。国土交通省の国交審議官、伊藤正志さんです」

「元でしょう」

静かな口ぶりだった。

「ご存知なのですね」

「もちろん。あれほどの事件だ。しかし、面識はない」

「教団のどなたか、伊藤さんと親しかった方はおられますか」

「それが本題ですか」

「はあ」

「その質問、数人の刑事がわが教団の関係者にしたらしい」

「あなたは」

「刑事と会うのはあなたが初めてだ。もっとも、警視庁の児島警部補ではなく、児島洋子さんの夫として面談に応じた」

「伊藤さんは極楽の道にかかわっているとの情報があります」

「あいまいな言い方だな。どんなふうにかかわっていたのかね」

「おしえられません」

「つまり、情報は信憑性にとぼしいわけか」

「勝手な判断は……」

あとの言葉は甲高い女の声にさえぎられた。

「あなた、いいかげんにしてよ」

ふりむいた先に妻の洋子が突っ立っていた。

いつのまに扉が開いたのか。あるいは、原口が半開きにしていたのか。

洋子は咬みつかんばかりの形相で、亭主をにらんでいる。

「まあ、洋子君。ここへ座りなさい」

原口が鷹揚《おうよう》に言い、手招きした。

洋子が原口のとなりに浅く腰をおろした。

児島は妻に視線をむけた。

「ずっと聴いてたのか」

「そうよ。あなたがどんな無理難題を言うのか……原口先生に失礼があってはいけないので、先生にお願いして扉を開けてもらったのよ」

「いいかげんに眼をさましたらどうだ。おとうさんも心配してる」

「なにを言ってるの。おとうさんの病状が急速に回復してるのは、わたしがお祈りをささげてるからなのよ」

「ちがう。医者は以前から半年経てば回復すると言ってた。すこしおくれたが、治療とリハビリの効果がでてきたんだ」

「哀れな人ね」

「なんだと」

「また殴るの。いいわよ。何度殴っても、わたしは信心であなたの罪を許してもらう」

「正気か」

児島は、穴があくほど、洋子の顔を見つめた。

――悪霊にとりつかれてしまったようだ。実の娘なのに……ぞっとした――

見つめているうちに、義父の久保勝彦の声が鼓膜によみがえった。

「児島さん」

原口の声に視線を移した。

「あなたもセミナーを体験されてはどうかね。そうすれば誤解はとけると思うが」

「誤解……自分は、洋子の夫だ。洋子のことはだれよりも理解してる」

「それは傲慢だよ。人の心を読めるのは……」

原口がまた数珠をこすった。

「御仏様と、わが教団の教祖様だけだ」

「……」

児島はうなだれた。

なにを言ってもむださ。おまえが口論で勝てるわけがない。

頭のどこかでいさめる声がした。

「洋子、おとうさんともう一度話をしろ」

「わたしは絶対に離婚しません」

「そんなことじゃない。血のつながった親子で冷静に話し合うんだ」

「わたしは、いつだって冷静よ。御仏様がついてくださってるから」

「おとうさんとおかあさんがいたから、おまえが生まれたんだ。それを忘れるな」

児島は、言い置いてソファを離れた。


捜査員たちがうつむきかげんで去ってゆく。

現場の捜査報告のみで終了した会議場にはため息だけが残った。きのうの会議で公安総務課の大竹課長が宗教法人・極楽の道を口にしたものの、きょうもさしたる成果は挙がらなかった。不慣れな分野ということもあるだろう。大竹の発言の真意にやる気を削がれたせいもあると思う。

しかし、捜査員たちが落胆と疲労の色を隠そうともしないのは、捜査が遅々として進捗しないからだ。刑事は、事件の核心に迫り、犯人を検挙してなんぼの稼業なのだ。

そのうえ、議場に怒声を響かせていた捜査一課の坂上課長の姿が消えた。坂上は、けさから赤坂署に移っている。前日の深夜に赤坂五丁目でおきた赤坂バー経営者刺殺事件の捜査本部でも指揮を執ることになった。なにも特別なことではない。都内で凶悪事件が連続して発生すれば、前線基地のトップに立つのは警視庁の捜査一課長の役目である。

当面、坂上は青山署と赤坂署を往復することになる。南青山官僚射殺事件の捜査本部は本部長代理を務める青山署署長の下、警視庁捜査一課の星野理事官が全体を仕切り、青山署刑事課の森下課長が現場を差配する体制をとった。

児島要は、いつもの席に座ったまま窓の外の闇を見つめていた。

同僚の倉田警部補はすでに去った。声をかけられたが、手のひらをふった。

「おい、児島」

声がして、顔のむきを変えた。

いつのまにか、そばに丸井係長が立っていた。

「どうした。深刻な悩みでもあるのか」

「いえ。疲れてるだけです」

「それよ。おまえが弱音を吐くなんてめずらしい」

「ご心配なく。すぐ元に戻りますから。それより、なにか用ですか」

「よけいに気の滅入る伝言を預かった」

「伝言……だれに」

「星野理事官だ。署長室に来いとの命令だ」

「署長室……」

児島は思わず顔をゆがめた。

「署長に部屋を借りたらしい。おまえと差しの話があるとか」

「わかりました」

丸井は無言で児島の肩をぽんとたたき、その場を離れた。

児島は、また窓を見た。

闇のなかで木立がざわざわとゆれている。


「苦情がきたよ」

児島が座るなり、星野がぼそっと言った。

怒っているふうもない。いつもの読みづらい表情である。

「極楽の道の顧問弁護士がここの署長に面会を求めて来てね。捜査員たちが教団関係者ばかりか、その周辺にも聴き込みを行なっているのは由々しき問題で、これを放置していれば、著しい風評被害をこうむりかねないとの抗議だった」

「理事官も同席されたのですか」

「もちろん。桜田門への報告を含めて、ここの署長はわたしに対応を一任した」

「自分を呼ばれた理由は」

「弁護士が口にした個人名は君ひとりだった」

「きょうの午前中に東京支部を訪ね、原口支部長と面談しました」

「やりこめられたか」

「そんなところです」

「むりもない。連中は口が商売だからね。君の性格では太刀打ちできんだろう」

「自分の性格をご存知なのですか」

「まあね。ところで、どうしてそのことを捜査会議で報告しなかった」

「捜査のためにでむいたのではありません」

児島はきっぱりと言った。

——それで飛ばされるのなら、てめえの刑事としての器もたかが知れてるってことよ。俺もホタルも、三好も、男を見る眼がなかったたってことだ——

鹿取の檄が己の心棒を支えている。

あのとき、しかと悟った。警察上層部は妻の洋子のことを知っているのだ。そうだろうとは思っていても、確信したくない自分がいた。鹿取は、弱腰のほうの自分を叱咤してくれたにちがいなかった。弱気の虫が完全に消えたわけではないけれど、それでも立ち向かって行こうという気構えはできた。

「それなら話が早い」

星野が薄く笑い、言葉をたした。

「しばらく休養してはどうかね」

「命令ですか」

「君の名誉と功績を重んじての、進言だよ」

「それなら、おことわりします。おそらく、自分の妻の行動を問題視されてのご判断と思いますが、身内のことは自分ひとりで解決します」

「できるのか」

「はい」

「いまは凶悪事件が連続しており、警視庁上層部も君の家族に関しては静観しているが、いつまでもというわけにはいかない。ほかの警察官に悪影響を及ぼすからね。それに、青山署の捜査本部が公安事案、つまり、極楽の道に捜査の的を絞っていることが公になり、捜査員の家族が極楽の道の幹部だと世間に知られたら、マスコミはこぞって捜査本部のあり方に疑義を呈するにきまってる」

「わかっています。でも、いまは捜査に集中させてください。事件が解決すれば、妻の問題も自分の手で決着をつけます」

「いいだろう。ただし、いくつかの条件がある」

「なんでしょう」

「もしもだが、君の奥さんが、どういう形であれ、射殺事件に関与したと判明すれば、即座に捜査本部から退かせ、謹慎させる」

「言われるまでもありません」

「家族の問題を解決できなかった場合はどうする」

「考えていませんが、出処進退でお手をわずらわせることはしません」

「覚えておこう。ところで、鹿取はどうしてる。きょうは見なかったが」

「得意の単独捜査か、やる気がないかの、どちらかでしょう」

「どっちだ」

「気になりますか」

「おおいに気にしてる」

星野が茶をすすってから言葉をたした。

「そこで相談なのだが、鹿取の行動をわたしに報告してくれないか」

「それ……」

児島は身を乗りだした。

「自分にスパイをやれと」

「ありていに言えば、そうなる」

「それも条件のひとつなのですか」

「そう思ってくれてもかまわない」

「どうして、鹿取さんにそこまでこだわるのです」

「思いあたるふしは」

「ありません」

星野の眼光が増した。

それを、弾《はじ》き返した。にらみ合いでは絶対に負けない。

やがて、星野がため息をこぼした。

「いまのお話、聴かなかったことにします」

「仕方がない。極秘の情報をおしえよう」

児島は、にわかに緊張した。

星野が鹿取の過去を語るのか。

そんなはずはない。警察官僚が一介の刑事に、組織の恥部をさらすわけがない。

そうは思っても、体は勝手に固まった。

しかし、星野の極秘の話は、鹿取に関する情報ではなかった。

「二か月以上前から、君を監察官室に呼んではどうかとの意見がある」

「二か月……」

「そう。君の奥さんは、先の総選挙で日本極楽党を支援していた。奥さんを含めてだが、あの党は組織ぐるみで選挙違反を犯した疑いがもたれている」

「ほんとうですか」

「警視庁の捜査二課が内偵してるようだ」

児島は空唾をのみ、搾りだすように声を発した。

「もし立件されるようであれば、即座に辞職します」

「そう意地を張るな。そうならないよう、君と交渉してる」

「刑事の駆け引きは犯人を落とすためだけで充分です」

「鹿取をかばって、君になんの得がある」

「仲間です。裏切れません」

「へたをすれば、奥さんのことをぬきにしても、君の立場があやうくなるぞ」

「おっしゃってる意味がわかりません。鹿取さんは捜査の鬼です。プライベートで多少の問題はあるかもしれないけれど、警察官の職務には忠実な人です」

「今回にかぎっては、単独捜査を見すごすわけにはいかんのだ」

星野の口調が乱暴になってきた。

「公安部が圧力をかけてきたのですか」

「それはない。しかし、デリケートな捜査なので、鹿取の行動が重大な社会問題に発展するおそれがある。われわれはそれを危惧してる」

「その心配はないかと。鹿取さんはプロ中のプロです」

「ずいぶんな買いようだな」

「これまでの実績が物語っています」

「君はいつも鹿取と裏で連携してるのか」

「裏も表もありません。三係の仲間として一緒に行動してるだけです」

「惜しい男だが、そこまで言うのなら、もう情はかけまい」

そんなもの、端からないくせに。

悪態のひと言は、舌先でからめとった。

——それで飛ばされるのなら、てめえの刑事としての器もたかが知れてるってことよ。

俺もホタルも、三好も、男を見る眼がなかったってことだ——

もう二度と、鹿取にあんな言葉を吐かせない。

児島は、表情に乏しい星野の顔を見つめながら、すくと立ちあがった。


鹿取信介は、黄ばんだジャケットからレコードをとりだし、プレーヤーにかけた。

簞笥《たんす》に収納してあるレコード・ジャケットのほとんどは父親の遺品だ。指物師だった父は無類の洋楽好きで、洋楽であればなんでもレコードを買い集め、佃島の自宅の仕事場で音楽を流しながら、細工仕事に励んでいた。

その影響なのか、鹿取も自然にレコードをかける習癖が身に付いたのだった。楽団の奏でる『ムーンライト・セレナーデ』が部屋の空気をなごませる。

頭のなかが混乱しているとき、スイングジャズを聴きたくなることがある。元々、音楽のジャンルに好き嫌いはなくて、気分次第でレコードやCDを手にするのだが、なぜか思考や決断がにぶると決まってスイングジャズをほしがる。

棚のボトルもワイルドターキーをつかんだ。ひとりでやるときはシングルモルトにかぎるが、稀にバーボンを飲む。スイングジャズとバーボンは双子なのだ。

濃い飴《あめ》色の液体を注ぐと、氷の角がとれ、輝きを増した。

ひと口飲んで息をつき、テーブルに視線をおとした。

A四サイズの報告書がちらばっている。

夕刻に赤坂の三好組事務所に立ち寄って、持ち帰ったものだ。

――ちかごろ稀な粋人がいたぶられるのは忍びない――

警察庁の田中の声が棘のように突き刺さっている。

――そろそろ退かせてはどうかね――

田中は感情でものを言う人ではない。

職務の遂行に関しては、非情にもなれる男だと思う。

田中とは十年前と先日の二度しか会っていないけれど、彼の鋼の意志は眼を合わせるだけで伝わってくる。田中の指揮の下で公安捜査に携わっていた神奈川県警の螢橋政嗣の言動を見ていても、その背後に田中の意志を感じた。

そんな田中が、酔狂で、粋人を退かせろ、というわけがないのだ。

考えられるのは、ただひとつ。

三好義人と三好組の周辺に捜査の手が伸びている。

つまりは、鹿取と三好の連携を阻むために、警視庁上層部、とりわけ公安部が、三好組の犯罪を暴こうとしているにちがいない。やくざはやくざだ。いかに三好がちかごろ稀な粋人で、昔気質の俠客《きょうかく》であろうと、末端を含めて四百余名の皆が犯罪行為と無縁で生きているはずはない。現在の改正暴力団対策法では、若衆の乾分の、そのまた乾分の微罪であっても、組織の長にその累が及ぶようになっている。

だが、そういう推測を元に、三好に手をひかせるのはむりな気がする。

三好は、野生の竹のような男である。家の床下に閉じ込めても、床を突きぬけ、天井を貫き、瓦《かわら》を砕いて天にむかって伸びる。周辺に魔手がうごめき、彼の身に警察権力が迫っているとおしえたところで、己の信義を貫きとおすだろう。

ましてや、今回は鹿取の要請で動いているのである。

どうしたものかと思案しながら訪ねた三好組事務所に主は不在だった。若頭補佐の松本裕二の話では、所用で横浜へ行ったとのことだった。

事務所には幹部の片岡康夫もいて、松本が顧問弁護士の麦田浩四郎を呼び、片岡と麦田からこれまでに集めた情報のあれこれをおしえられた。

それをまとめたものが眼前の報告書である。

三好組の乾分らが監視する者の行動記録、三好が依頼した調査事務所の報告、および、麦田のスタッフが集めた情報がびっしり書き込まれている。

警察官の捜査報告書よりも丁寧で緻密《ちみつ》だった。公安捜査は明確な標的があってはじめてその真価を発揮できるし、足で情報を拾い集める捜査刑事は活動の地域が限定されるため機動力に欠ける。暴力団にかぎらず、闇の組織の情報収集能力が優れているのは、自由自在にあらゆる手段を用いられるからなのだ。

三好組の片岡が率いる者たちは、宗教法人・極楽の道と日本極楽党の幹部らを監視、尾行している。とくに、極楽の道東京支部の原口博文支部長と、日本極楽党の宮沢小太郎党首、浅井繁幹事長、香川彰久事務局長の四名は、鹿取が名指ししたこともあって、二十四時間態勢の監視下にある。

おそらく、警視庁公安部は彼らの動きを把握しているにちがいない。その情報が田中に伝わり、鹿取への警告になった。鹿取はそう読んでいる。

三好に依頼された調査事務所は、極楽の道と日本極楽党に関するあらゆる情報を収集しており、なかでも、日本極楽党の活動については詳細に調べあげていた。

麦田弁護士のスタッフは、ふたつの組織にまつわる法的案件のほか、昨夜に刺殺された岡村由乃の履歴を丁寧に調査し、彼女が口にした宮沢鸞子との接点についてはかなりの部分でそのウラをつかんでいた。

そういう情報を得たので由乃を深夜のデートに誘ったのだった。

由乃は刺殺される前々日の土曜の午後に、日本極楽党本部を訪ねていた。どういう理由で、だれを訪ねたのか不明だが、翌日曜の昼には、西新宿のシティホテルのレストランで党首の宮沢小太郎と会食している。その場に同席したのは婦人部の部長、前原彩子《まえはらあやこ》という女だった。由乃を追尾していた麦田のスタッフは、あやしまれるのをおそれて近くの席をとらなかった代わりに同僚を呼び、同席の女を尾行させ、正体を知ったという。

由乃はどうして宮沢鸞子ではなく、息子の小太郎に接近したのか。

その疑念が一日中、頭のなかを旋回している。

後悔もある。由乃の行動はその日の夜におしえられていたからだ。

しかし、日曜の夜に呼びだすのはためらいがあった。いかに由乃のまなざしに女の艶を見たとはいえ、由乃が思惑をいだいて小太郎と面会したのであれば、警戒心をひきずっているだろうと考えての、躊躇《ちゆうちよ》であった。

結果として、それが裏目にでた。

由乃が残してくれたものは、もはや、つぎの一手の選択のみである。

宮沢小太郎を攻めるか。

前原彩子を陥落させるか。

いずれにしても、由乃の行動が己の捜査の突破口になると思う。だから、赤坂署に出動中の強行犯七係の山村に粉をかけたのだった。

鹿取は、グラスを空け、また、視線をさげた。

手前の用紙には、数字と文字がならんでいる。由乃の携帯電話にあったアドレスを元に調べた個人情報が記載されている。大半は由乃の友人知人と店の客らしい。

無意識にため息がこぼれでた。

レコードはオートリセットされ、また『ムーンライト・セレナーデ』が流れだした。

手づかみでグラスに氷を入れ、ボトルを傾ける。

携帯電話の着信音が鳴った。

《酒井です》

「なんだ」

《会えますか》

「いまはむりだ」

鹿取は、そっけなく応じた。

いやな予感がする。酒井との接触は極力避けるほうがいいように思う。

「おまえの身辺で気になることがあるのか」
《いえ。しかし、公安部の幹部たちは神経質になっています》
「大竹の発言、上の連中は承知していたのか」
《はっきりしません。青山署の捜査本部が公安事案に的を絞ったときに公安部に相談があったのかどうかも、依然不明です。とにかく、公安部内の空気が変なのです》
「公安部の幹部連中と公安総務課のあいだに溝ができているのか」
《うちの課長の発言には、部内ばかりか、課内でも賛否両論あります。とくに、現場の公安刑事らは一様に、捜査がしづらくなったと反発しています》
「いいかげんにおしえろ。極楽の道のなにをさぐってる」
《言えません》
「あの教団をつぶしたいのか」
《まさか……そんなこと、できるはずがない》
「政治力か」
《えっ》
「独り言だ」
鹿取は、突き放すように言った。
——大竹の発言の裏には、政治力がある——

田中の言葉の背景は読み切っている。

わが国には、国や地方の行政、司法権力に政治介入できる唯一の新興教団が存在する。光衆党を支える宗教法人・光心会である。

しかし、光心会は極楽の道への対応を公的には鮮明にしていない。南青山の官僚射殺事件に関与しているのかどうかも、現時点では真っ白である。

——君の捜査に関係ない。わたしの興味の箱にも入っていない——

田中の言葉をうのみにはしないが、光心会への疑念は胸の底に沈めている。

「ところで……」と、鹿取は話題を変えた。

「おまえの部署が三好組の周辺を内偵してるのか」

《内偵……》

語尾が消えた。

「星野理事官は三好組の動きを警戒してる。たしか、おまえも……」

一時間ほど前に児島から連絡があって、星野とのやりとりをおしえられた。

《自分は、あなたの身を案じて……われわれの捜査の邪魔になるとの懸念もありますが》

「邪魔者の動きを封じる策はとっていないのだな」

《そんな動きがあるのですか》

「わからん。だが、心配してる。なにしろ、俺は警察組織のガンだからな」

《その自覚があるうちは大丈夫です》
酒井の声がやわらかくなった。
「調べてくれないか」
《わかりました。でも、心配なら、三好組に手をひかせたほうが……》
「そうしたとしても、内偵捜査が進んでいれば、そのまま突っ走るかもしれん」
《………》
無言のあとに、ため息が洩れ聞こえた。
「おまえも、用心しろ」
《前に言ってたでしょう。そういう状況になれば、あなたとの腐れ縁を切ると……そんなことより、自分はおどろきました。あなたは両刀使いだったのですか》
「ん」
《とぼけないでください。きのうの深夜のことですよ》
「となりの部屋に入って、盗聴してたか」
鹿取は余裕で言った。
その心配はない。三好専用の部屋には強度の防音設備が施されている。
《鹿取さん》
酒井の声が改まった。

「なんだ」
《殺された岡村由乃、的にかけていたのですか》
「ああ。きのう、口説き落とすつもりだった」
《まじめに応えてください》
「俺はいつもまじめだ。遊びも真剣勝負だぜ」
《ほかに目的があって、口説こうとしていた……ちがいますか》
「さあな」
《どうして、強行犯七係の山村と》
「呼びつけられた。由乃が電話で話した最後の相手が俺だった」
《………》
「そのことを聴きたくて、呼びだそうとしたのか」
《それもあります》
「おまえが由乃に関心を持つ理由は」
《前日の日曜、彼女は日本極楽党の党首と会食しました》
「ほう」
《とぼけてるのではないでしょうね》
「俺はストーカーをやるほどひまじゃねえ」

《岡村由乃の旧姓は佐藤……佐藤由乃は一時期、宮沢鶯子や伊藤正志とおなじ養護施設で暮らしていました。宮沢とは六年間、伊藤とは一年間です》
「いつ、わかった」
《きょう一日かけて調べました》
「上に報告したのか」
《どうするか迷って、あなたに……》
「しばらく伏せてくれ」
《………》
「ずっとじゃない。俺の捜査がおわるまでだ」
《条件があります》
「言え」
《あなたが握ってる情報をください》
「ことわれば、どうする」
《自分で集めます。でも、そうすれば、仲間に悟られるかもしれませんよ》
「おどしてるのか」
《はい》
「いますぐというわけにはいかん」

《あなたの捜査のメドが立つまで待ちます》

「こっちから連絡する。それまでおまえとは会わん」

鹿取は、返答も聴かずに電話をきった。

煙草を喫いつけ、一枚の用紙を手にした。

岡村由乃の履歴が記されている。

ところどころ不明の時期があるけれど、由乃の生きてきた道はおおよそわかる。

由乃は五歳から十五歳まで藤沢市の養護施設で暮らした。そののちの三年間は空白になっているが、推測はできる。由乃は十八歳になって横浜市黄金町《こがねちょう》に住民登録した。当時に彼女が住んでいたアパートの大家の証言によると、由乃は住民登録する二年前からそのアパートに住んでおり、賃貸契約のさいの保証人は叔父を名乗る不動産会社の男だった。そのときの契約書も大家の倉庫に残っていた。

由乃が働いていた関内《かんない》のバーも、いまは廃業しているが、確認できた。

その店で八年間勤めたあと、常連客と結婚するも一年半で離婚。由乃は姓を戻さず、五百万円の慰謝料を手に横浜を離れ、渋谷区中目黒に移り住み、六本木のクラブに勤める。そこに七年間いたあと、三十六歳で独立した。バー・由乃の開店と同時に移転したマンションの住人の話によれば、由乃が特定の男と同居した様子はなく、ときおり男と一緒に歩く姿を目撃されていたが、同一人物というわけではなかった。ひと月前に別れた出版社の男は由乃との縁が一年前に始まったと証言し、つき合っているあいだ、ほかにも男がいるのではないかとの疑念はぬぐえなかったと付け加えたらしい。

鹿取は、用紙を手放し、ソファに体を横たえた。

ふと、由乃の顔が思いうかんだ。

いい女だった。

しかし、それ以上の感慨はめばえなかった。

『A列車で行こう』の軽快なリズムが由乃の残像をゆらした。


翌日の昼さがり、鹿取は赤坂の赤坂通をあるいた。

かつては昭和の文豪たちが足しげくかよっていた料理屋や酒場がめだたぬように在った赤坂五丁目とその周辺の風景は、TBS本社が一ツ木通からわずか数百メートル離れた赤坂通へ入口を移したのを機に様変わりした。

鹿取は、昭和の終わりから平成初期にかけて、よくそのあたりに出没していた。労働組合の幹部や企業総会屋たちが密談に利用する飲食店があったからで、じっとしていても汗がふきでる熱帯夜も、足先がしびれる北風にさらされる夜も、公安事案の監視対象者を見張って、路地角に立ったものである。

そのころの街の匂《にお》いは消えてしまったようだ。

冬の陽だまりのオープンカフェで若い女たちが談笑する光景をながめていると、自分が公安刑事ではなくなったのを自覚させられる。

鹿取は、ふうっと息をつき、雑居ビルに入った。

バー・由乃の扉に張られた警視庁のテープは片方がはずれている。

なかに入った。

カウンターの奥の隅に、強行犯七係の山村がひとりでいた。

山村は缶コーヒーを手に、煙草をくゆらせている。

鹿取は、角をはさんで山村と向き合うように座った。

ちらっと、カウンターのなかに視線をやった。

端にラフロイグのボトルが立っている。

また由乃の笑顔がうかんだ。ぬかりないけれども、艶のある眼をしていた。口ぶりからも、雰囲気からも、由乃は女と男の気性を併せ持っているふうに感じられた。

山村の声に視線を戻した。

「あんた、どうして被害者に近づいた」

「ひとめ惚れと言ったろう」

「ふん」

山村が鼻を鳴らし、煙草を灰皿につぶした。

「青山署の捜査本部、新興教団の極楽の道に的を絞ったそうだな」

「だれに聴いた」

「言えん」

「ありゃ、幹部連中の寝言だ。この数日、捜査員が総出で教団の周辺を洗っているが、なにもでてこない。事件の背景のかけらも見えん」

「捜査状況なんてどうでもいい。俺の興味は、あんたと岡村由乃だ」

「たった二日で行き詰まったのか」

「顔見知りの線はほとんど消えた。被害者の手帳、経理伝票、パソコンや携帯電話のアドレスを元に顧客と友人知人をあたったが、ほぼ全員のアリバイが証明された」

「残る連中も白に近いか」

「たぶんな。けど、ひとりだけ、客のなかに気になる男がいる」

「……」

「見当がついてるんだろう」

「ん」

「小《お》関《ぜき》英司《えいじ》。極楽の道の本部で総務を担当してる」

「ほう」

「とぼけるな。ケータイのデータを盗んだじゃないか」

「ひとりでやるには限界がある」

山村が口元をゆがめ、思いなおしたように笑みをつくろった。

「ところで、手を組む契約はまだ継続中か」

「おまえがその気なら」

「あんたに頭をさげるのはしゃくにさわるが、助けを借りたい」

「話してみろ」

「けさの会議のあと、うちの係長に小関のことで相談したんだ。教団の本部は藤沢市、小関の自宅は横浜市だから、神奈川県警の協力がほしかった。ところが、三十分と経たないうちに管理官に呼びつけられ、勝手な捜査はするなと釘を刺された。それどころか、小関に関する個人情報は忘れろだと……頭にきたぜ」

「理由はおしえられたのか」

「神奈川県警に頭をさげたくないのと、青山署を意識してるんだろうな」

「ふーん」

坂上か。

鹿取は、そう思った。

いま捜査一課の坂上課長は赤坂署に出張って指揮を執っているが、青山署の捜査本部から離れたわけではない。両署の事案をにらんで対応しているのか。

しかし、でかかった言葉は咽に留めた。

「青山署のほうはうちの事案に関心あるのか」

「わからん。俺は、ここのところ会議にでてない」

「小関の周辺をさぐってくれないか」

「どうして、俺なんだ」

「あんたと被害者、青山署の捜査本部の方針……頭のなかで絡み合ってる。それに、あんた、供養してやりたいんだろう」

「小関とかいう男が事件に関与しているとにらんでるのか」

「ただの勘だ。それをあんたが支えてる」

「迷惑だぜ」

鹿取は、眼光をとがらせた。

山村が首を伸ばすようにしてにらみ返した。

すこしは腹をくっているようだ。

「いいだろう。これまでの捜査状況をおしえろ」

「被害者は独身で、身寄りもいない。人的関係でトラブルをおこしてたという情報はないし、金銭的な面倒もなさそうだ。かといって、物取りの犯行でないのはあきらかだ」

「そんな情報で俺を動かせると思ってるのか」

「そんな情報しかないから、あんたを頼ってる」

「小関に関する資料くらい持ってきたんだろうな」

山村が上着のポケットから四つ折の紙をとりだした。

それを手にして、開いた。

小関英司と家族の履歴に続いて、小関がバー・由乃に行った日時と金額が記してある。

その数箇所が神経にふれた。

「これは帳簿から写しとったのか」

「ああ。被害者はけっこう几帳面《きちょうめん》な性格だったようだ」

鹿取は首をぐるりと回し、もう一度、紙を見た。

小関が初めて来店したのは三年前の一月末になっている。それからひと月に二回のペースでかよい、初来店の日以外は三、四名で、八名という日もある。

「上客だな。カネ払いはよかったのか」

「毎月、きちんと振り込んでいた」

「小関個人の名でか」

「教団だ」

山村がひと呼吸あけ、眼を見開いた。

「だから、よけいに気になってる」

「由乃と教団のかかわりは」

「なさそうだ。被害者の部屋にそれらしきものはなかった」

視線をそらし、また紙を見つめた。

まるで給料を支払ってるようだな。

鹿取は、胸のうちでつぶやいた。

ざっと計算して、毎月十万円、三月と九月は三十万円ほどの飲食代金を払っている。

数字をながめているうちに、記憶の蓋《ふた》が開いた。

三年前の一月といえば、日本極楽党が創設された月である。その一年ほど前から宗教法人・極楽の道が政党設立の動きを見せており、警視庁公安部、とくに公安総務課が教団と関係者への監視を強化しはじめた。

政党設立に関しては教団の内部でも外部でもさまざまな意見や思惑が交錯したようで、なかでも、宗教法人・光心会を支持母体とする光衆党は、詳細で正確な情報を収集する一方で、光心会の関係者や政治家、財界人を使って妨害工作を行なったという。

それでも、教祖の宮沢鸞子はテレビや書物で政界進出の意義を力説し、極楽の道の崇高な理念を持つ政治家の登場は日本の平和と発展につながると訴え続けた。

三年前の元旦、すべての全国紙に日本極楽党創設の広告が載った。党首に就いた宮沢小太郎の顔が真ん中にあり、右に日本極楽党の大文字が、左には政党設立の趣旨が箇条書きされていた。下方には、新党に期待を寄せる著名人のメッセージとともに、宮沢鷺子の推薦文が、彼女の写真付きで載っていた。

鹿取の脳裡に、全面広告が写真のようによみがえった。当時は、公安総務課の酒井を含め、情報屋との酒の肴ほどの話でしかなかったのだが、いまは極楽の道と日本極楽党の名がでるだけで神経が反応する。

由乃はあれを見たのだろうか。

見て、なにかを思いついたのだろうか。

飲食代金は口止め料だったのか。

そうだとして、おどしのネタはなんなのか。

矢継ぎ早の憶測が、かけっこをするかのように頭のなかをめぐった。

「なあ」と、声がして、棚のボトルにむいていた視線を戻した。

「ここまでしゃべったんだ。やってくれるんだろうな」

「くどいぜ」

強い口調に、山村が肩をすぼめた。

「俺がつかんだ情報はくれてやる。ついでに、犯人も見つけてやろうか」

鹿取は、けれんたっぷりに言った。

本音である。

青山署と赤坂署が追う犯人が同一であるはずがない。

その確信の上に立てば、赤坂署の捜査本部の存在は邪魔になるだけである。ふたつの事件の背景がかさなるのなら、なおのことうっとうしくなる。

鹿取は立ちあがってカウンターのなかに入り、ボトルを手にした。

山村はなにも言わなかった。

鹿取は、ふたつのショットグラスにラフロイグを注いだ。

ひとつを差しだすと、山村がぎょっと眼を見開き、グラスをあおった。

たちどころに、山村の顔が赤くなる。

強いアルコールのせいか、興奮しているのか。

鹿取は、その顔を見ながら、琥珀《こはく》色の液体を口に含んだ。


夜の横浜で遊ぶのは一年ぶりである。

おととしのクリスマスイブに三好組の三好義人に誘われ、神奈川県警本部の螢橋政嗣と三人で赤坂、銀座を梯子《はしご》し、勢いにまかせて横浜へ飛び、朝まで飲んだ。

今宵も三好に誘われたのだが、遊びが目的でないのは心得ている。昼間に電話で話したときの三好の声はいつになく硬かった。感情を抑えているようにも感じられた。

この数日間、鹿取は公安刑事に戻っている。

標的は日本極楽党の婦人部長、前原彩子だ。彼女の情報を集める一方、三好組の片岡に徹底監視を頼んでいる。

小関に関しては神奈川県警公安二課の安西亨に協力を要請した。

いかなる状況にも対応できるよう態勢は整えてある。

おかげで、青山署のほうはほったらかしだ。官給品の携帯電話には、強行犯三係の丸井係長の怒気もあらわな声のほかにも、警視庁捜査一課の星野理事官や強行犯一係の吉川の伝言が残っているが、それらのすべてを無視した。

連絡をとっているのは児島だけで、その児島も、おどしや泣き落としまじりの声で会って話したいと言うが、忙しい、のひと言で拒み続けている。

おそらく捜査員は手詰まりの状態で、青山署の捜査本部には閉塞《へいそく》感が充満しているだろう。先日の公安総務課の大竹の発言に激怒し、反発心をたぎらせたとしても、いい結果に結び付くとは到底思えない。幼稚園児が大学入試を受けるようなものなのだ。

彼らとは好対照に、鹿取は充分な手応えを感じている。

警察庁の田中と同僚の児島の存在がやる気を下支えしている。

バー経営者の岡村由乃の死は、いろいろな意味で心が乱れたけれど、彼女の死が突破口になるだろうとの予感は強くある。

鹿取は、関内にあるクラブに足を踏み入れた。

三好の兄貴分、関東誠和会の若頭を務める黒田が情婦にやらせている店で、鹿取も三好や螢橋に連れられ、何度か遊んだことがある。

黒服に案内されたコーナーの席には、三好とならんで、もうひとりいた。

鶯色の着物を着た老女だった。歳は七十前後か。小柄な体で顔がちいさく、控え目な居住まいだけれど、女の色気が濾過《ろか》されたような粋が残っている。

鹿取は、老女の斜め向かいに座った。

老女の正面にいたママの真琴《まこと》が鹿取に顔をむけた。

「石塚富子《いしづかとみこ》さんです」

富子がやさしい笑みをうかべ、首をかしげるようにして挨拶をした。

真琴が言葉をたした。

「石塚さんはわたしの大先輩で、十年前までお富というクラブをなさってたの」

鹿取は無言でうなずいた。

富子という老女が同席する理由はひとつしか考えられなかった。

鹿取と三好の前にグラスがおかれると、真琴がちらっと三好に視線をやって、ごゆっくり、との言葉を残して去った。ホステスも席に寄りつかなかった。

三好が上着のポケットから一枚の写真をとりだし、テーブルにおいた。

「お富さんは、この男に見覚えがあるそうです」

鹿取は、視線を落とした。

笑顔の女二人にはさまれて、若い男が写っている。

即座に伊藤正志とわかった。伊藤の顔は写真で十代から記憶に刻み付けてある。

富子があとを受けた。

「それは二十七年前に撮ったものですよ」

「まちがいありませんか」

鹿取は、富子を見て、丁寧に言った。

「ええ。関内のクラブで撮った一枚です。ランちゃん……宮沢鸞子さんがその夜は無邪気にはしゃいで……そこに写ってる男性の誕生日だったらしく、わたしにはランちゃんのいい人なんだと、すぐにわかりました。右手にいるのがランちゃんで、左はわたしとランちゃんがお勤めしていたお店のママです」

「宮沢鸞子は本名で働いていたのですか」

富子がゆっくり首をふる。

「加藤ランでした。この写真を撮る半年ほど前でしたか、新聞広告を見て応募に来て、ママとわたしと支配人の三人で面接したのを覚えています。女優さんかと思うくらいきれいな子で、肌は雪のように白くて……一も二もなく、三人とも気に入って……独り身のママは、ランちゃんがアパートにひとりで住んでると聴くや、自宅で一緒に暮らそうと口説くほど、入れ込んでましたよ」

「そのお店とママは」

「とっくに。三、四年経ったころでしたか、ランちゃんが急にお店を辞めて、その年のうちにママが大病を患って、お店を閉めたのです。入院してるとき、ママに呼ばれて、お店を継ぐ気はないかと打診されたのですが、ちょうどそのころ、わたしにいい人ができて……身を退く覚悟をしていたのでおことわりしました」

富子の顔が、ほんの一瞬、二十ほども若返った。

三好があとを受けた。

「そのママは手術の甲斐もなく、一年後に亡くなられたそうで、残念なことに、お富さんのいい人もおなじ年に病気で逝って、お富さんは関内に戻り、自前のクラブを開いたのです。いい人に口説かれたこの街が好きだったんでしょうね」

「いやですよ」

富子がはにかむように言い、頬に手をあてた。

鹿取は眼を細めた。

いい女ってのはね、四十も半ばをすぎてから、子どもの表情に戻っていくのよ。

ずいぶん前、歌舞伎町に生きる老ママに、そんな話を聴かされたことがある。

ロックグラスをあおって、ゆるんだ神経を引き締めた。

「写真の男のことだけど……顔を見たのはその一回だけ」

「ええ」

「鶯子は、男についてなにも言わなかったの」

「一度、聴いたことがあります」

富子の顔も元に戻っている。

「お店が終わって食事に誘ったとき、ランちゃん、めずらしく酔っていて……一歳半になる子どもを施設に預けてると……あの人との子だけれど、おなかに赤ちゃんがいるとわかったのはあの人がまだ学生のときで、霞が関のお役所に内定したばかりだったから、内緒にしたほうがいいと思ってそうしたとか」

「二人で決めたのかな」

「さあ。でも、話を聴いていて、いずれ結婚し、子どもをひきとるのだと思いました。写真を撮ったときの印象では、この人、実直そうに見えましたからね」

富子が写真を指さしながら言った。

「ところで、あなたのところへ警察の者が訪ねて来ませんでしたか」

「どういう意味でしょう」

「宮沢鶯子のことで訊問を受けなかったかという質問です」

富子が首を左右にふった。

「わたしだけではなく、あの当時のお店に勤めていた人たちに会うのはむりでしょうね。お店を閉めたのは二十三、四年前……経歴や素性を隠して働く人も多く、関内で永く生きてきたわたしでさえ、当時のお仕事仲間とは連絡が途絶えているの。ママが生きていればちがったかもしれないけれど、夜の世界の女の縁は細くて、短いのよ」

「あなたは別のようだが」

「わたしは、昔の女からぬけられないの」

「いい女だね」

「からかわないでください」

「本音だぜ」

鹿取は、いつもの口調に戻した。

「あと五年や十年、男をたらせそうだ」

「あら、いい言葉ね。人誑《ひとたら》しでなけりゃ、この世界では生きてゆけないものね。でも、もうだめよ。こんな話をしちゃったら、この街で生きる資格がないわ」

「すまなかった」

「とんでもない。わたし、三好さんと、三好さんの兄さんにご恩返しができたと……お客さまのことなら、墓場まで持って行ったかもしれませんが」

富子がいたずらっぽく笑った。

「お富さん」

三好が声をかけた。

「夜おそくに悪かったね」

「いえ。ひさしぶりに関内のにおいを感じられて、よかったわ。格好いい男二人に囲まれて、気分が若返りました」

ママの真琴が富子を送りだした。

黒服が近づいてきた。

「ホステスをつけましょうか」

「もうすこし、このままにしてくれ」

「かしこまりました」

黒服が去ると、鹿取は三好に訊いた。

「まだ、なにかあるのか」

「はい」

三好の瞳が輝いた。

「ホタルさんを見たという者があらわれました」

「ほんとうか」

「はい」

「くわしくおしえろ」

鹿取は、いつのまにか、身を乗りだしていた。

「じつは、黒田の兄貴の病気見舞いで来てるんです。胃にガンが見つかりましてね」

「次期会長候補の筆頭がガンとは……関東誠和会も大変だな」

「そんなことはどうだっていいのです。兄貴は何事にも正面から向き合う気質でして……ただ、兄貴にはどうしても気がかりなことがあって、自分を呼んだ」

「ホタルか」

「はい。手術を受ける前に話があると」

「そんなに悪いのか」

「胃の四分の三はとり除くそうです。しかし、気弱になってるわけではありません。ホタルさんが心配で、ガンとの勝負に集中できないのでしょう」

「勝負か……それで」

「きのうの朝、病室には先客がいましてね。黒田組の幹部なのですが、自分と兄貴がホタルさんの話をすると、そう言えばと口をはさんで……そいつが根を張る静岡の焼津《やいづ》で、去年の暮れにホタルさんを見かけたと言ったのです」

「静岡……ほんとにホタルだったのか」

「自分も、何度も訊きましたが、まちがいないと……そいつは、兄貴のお供で何度もホタルさんと会ってるので、信じられると思います」

「静岡か……」

鹿取は、独り言のようにつぶやいた。心臓が暴れかけている。

三保《みほ》の松原と富士山を眺めるちいさな町に、宗教法人・光心会の本部がある。その町は光心タウンと呼ばれており、藤沢市の極楽タウンもそれをまねて、マスコミが命名したといわれている。

「そいつは、すれちがったあとで気づき、ふり返ったときは姿が見えなかったそうです」

「当然、黒田は動員をかけた」

「はい。きのうきょうと、黒田組の本部にも支部の事務所にも人がいません。自分も、しばらくは横浜と静岡を往復することになりそうです」

「よしっ」

思わず声がはずんだ。

三好がにんまりとする。胸のうちを見透かされたらしい。

それでも、気づかぬふりをとおした。

「俺からも頼む。なんとしても、ホタルを見つけてくれ」

「全力を挙げます」

三好がきっぱりと言った。

「東京のほうは松本と片岡でなんとかなる。それも、ほとんど用済みだが」

「遠ざけたいのでしょう」

「まあな」

三好とは逆に、鹿取のほうはなんとも歯切れが悪くなった。それで、言いたした。

「本音を言えば全員に手をひかせたいのだが、片岡にあらたな頼み事をしてしまった」

「こき使ってください」

「身の安全を保証できん」

「そんなもの、自分らは望んでいません」

鹿取は首をすくめて、グラスを空けた。

刺殺された岡村由乃はどうして宮沢小太郎に会ったのか。

なぜ、前原彩子が同席したのか。

その疑念を抑え切れなかった。己のあまさも反省も気合で握りつぶして、片岡に彩子の監視と身辺調査を依頼したのだった。

それでも、潔いばかりの三好を前にすると、また自省の念が頭をもたげてくる。

「しかし、ここ一番では自分に声をかけてください。中途半端は苦手なもので」

「頼りにしてるさ」

やけくそぎみに返した。

三好がにこっと笑い、黒服に声をかける。

あっというまに、五人のホステスに囲まれた。


自宅のある市谷から赤坂見附までタクシーで千円ほどの距離だが、鹿取は東京メトロとタクシーを使い、小一時間を要して約束の場所についた。

尾行されていないという自信はある。

それでも落ち着かずに、カフェルームの席に座っても視線は左右に走った。

赤坂のシティホテルにいる。

先に来ていた警察庁の田中は奥まった席に座っており、客がすくない昼さがりの一刻とはいえ、鹿取の神経はピンと張り詰めている。

どうしてこんな場所を指定したのか。

大胆すぎる田中の行動にも若干の不満がある。

しかし、田中はいつもながらの穏やかな表情で、周囲を気にする様子もない。

ようやく、鹿取も腹を据えた。

田中がロイヤルミルクティを飲んでから、口をひらいた。

「昨夜の横浜では収穫があったのかね」

「充分に」

鹿取は即座に応えた。

その話がでるだろうとは思っていた。

三好のやることにはそつがなかった。石塚富子を厳重に警護していたのだ。たとえ経験豊富な公安刑事が三好を監視し、クラブで鹿取と老女と会っているところまで視認したとしても、老女の素性にたどりつくことはできなかったと思う。

「話してくれないか」

鹿取にためらいはなかった。田中ならいずれは知るところとなるだろう。

「日本極楽党党首の宮沢小太郎の父親は伊藤正志でした」

「そのウラをとったと認識していいのだね」

「はい。証言にうそはないと確信しています」

「そうか」

「あなたは、そのことが南青山の事件の背景にあると読んでおられた」

「ほかには考えづらかった」

「犯人の目星もつけておられたのですか」

「わたしに予知能力なんてない。なので、君に期待してる」

「もちろん、犯人を挙げるつもりですが、どうしても解せないことがあります」

「なにかね」

「被害者の伊藤は、宮沢親子ばかりか、極楽の道や日本極楽党と接触していた様子がまったくありません。胸のうちはともかく、それらすべてと距離をおいていた。それなのに、どうして殺されなければならなかったのでしょう」

「事実は、いつの日か、あきらかになる。それを危惧する者がいたのだろう。あるいは、その事実を暴き、利用しようとする者がいたとも考えられる」

鹿取は首をかしげた。それくらいの推測はつくが、しっくりこない。

「君の意見は」

今度は首を左右にふった。

ふったはずみに、田中とのやりとりがよみがえった。

――わたしは、君の単独捜査に期待してる――

――あなたの邪魔にはなりませんか――

――なるわけがない。最終目標はちがっても、方向性はおなじだよ――

「おしえてください。あなたの最終目標を」

「話せば、わたしと連携することになるが」

鹿取は、口を結んだ。しかし、結論を得るに時間はかからなかった。

由乃の出現で、捜査の方向性は見えてきた。彼女の死で、やることも決まった。

それでもおびえにも似た不安は消しようがない。

事件の背景はいまだ見えないし、背景が幾重にもあるような気もする。きのうの富子の話を聴いて、ますます不安と疑念が濃くなっている。

背景を知るには田中と連携するしかない。

一度連携すれば離れられなくなる。

田中の電話を受けてここへつくまで、ふたつの思惑が衝突していた。

「今回かぎりということで、お願いします」

田中が満足そうにうなずいた。

「君の捜査に直接役立つかどうかはわからないが、手持ちの情報をおしえよう。今夜、君の自宅にファクスで送る」

「いま、ひとつ訊いてもいいですか」

「なにかね」

「先日、あなたは、大竹の発言の裏には、政治力がある、と言われました。その政治力、自分の捜査の障害になるのでしょうか」

「なったとしても、君ならはね返せる」

「自分は、あなたのためになにをすればいいのですか」

「わたしは、なにも望まん。君はひたすら職務を遂行すればいい」

鹿取は、息をつき、わずかばかりの間を空けた。

「きのう、もうひとつ、情報を得ました」

「ホタルか」

「えっ」

「関東誠和会の黒田……三好の兄貴分が兵隊を動員してるそうだね」

鹿取は、呆《あき》れ顔で田中を見つめた。

「ホタルは、あなたの指示で……」

「ノーコメントだ。君は一時的な隠れ公安にすぎない。いまのところはね」

「どうして、自分を隠れ公安にしたいのですか」

「善も悪もないからだ。己の信念だけで生きている」

「……」

「わたしも、おなじ人種かもしれん。クリーンでなくてもいいじゃないか。ダーティだってかまわん。政治家や霞が関の役人にとって最も大切なのは、なにがなんでも国家と国民を護るという信念と行動力なのだ」

「自分には国家や国民という意識はありません」

「君にも螢橋にも、そんなことは押しつけないさ。信念さえあれば、それでいい。わたしが君らを買ってるのも、その一点なんだよ」

田中の眼元をほほえみが走った。

鹿取は、視線をそらし、コーヒーカップを手にした。
はずかしくて、まともに田中の眼を見ていられなかった。
額に声が届いた。
「ただし、そういう男は、結果に関しても、己ひとりでけじめをつけねばならない」
自分に言い聞かせている。
鹿取は、ふいに、そう感じた。
己の覚悟を、螢橋に、そして自分にも託しているような気がした。
田中は、善も悪も、厚情も非情も、丸呑みにして職務に励んでいる。
そう思うと、連携に応じたのは軽率だったような気もする。
鹿取は、カップにため息を落とした。

第四章

長身の女が急ぎ足でこちらへむかってくる。

黒っぽいコートの襟を立て、うつむきかげんなので顔は見えない。

それでも、女が日本極楽党の前原彩子と確信している。

あと五メートル。

彩子が腕を伸ばし、白いセダンにむかって電波を飛ばした。

運転席のドアを開く。

鹿取信介はさっと身を寄せ、銃口を彩子の首筋にあてた。Ｓ＆Ｗ製の二十二口径リボルバー。公安刑事のころからの相棒である。監視カメラの位置は確認済みだ。

「あっ」

彩子が声を発した。

「乗れ。乗って、助手席に移れ」

「だ、だれ……」

「早くしろ」

彩子がぎこちない動作で助手席に身を沈めた。

すかさず、後部座席のドアが開き、片岡が滑り込んできた。巨漢だが動きは軽い。キャップにサングラス姿の片岡が彩子の体にロープをかけ、口に白布を詰めた。

鹿取は、無言で車を発進させた。

虎ノ門のホテルの駐車場の出入口に遮断機はない。

しばらく走り、首都高速道路に乗った。

彩子がしきりにもがいている。

鹿取がバックミラーで合図を送ると、片岡が白布をとってやった。

「わたしをどうする気よ」

彩子が叫んだ。つかみかからんばかりの形相だが、顔しか動かせない。

「じゃかましい」

鹿取は一喝し、警察手帳を見せた。端から隠す気などない。

「警察官が……こんなまねしていいの」

「おまえに言われたくない」

「どういう意味よ」

「ゆっくりおしえてやる。おまえの家に帰ってな」

「冗談じゃないわ」

「浮気がばれると、困るか」

「な、なに言ってるの」

「さっきのホテルでだれといた」

「関係ないでしょ。仕事の打ち合わせよ」

情報どおり、勝気な女だ。普通の女なら泣きじゃくっている。

歳は三十八。輪郭のはっきりした顔立ちに、肉感的な体の持主だ。そのうえ男勝りの気質のようなので、鹿取の好みのタイプだが、今夜は容赦しない。

「極楽の道東京支部長の原口博文……いまごろ客室で訊問を受けてるだろうよ」

「……」

彩子がにらみつける。眼の玉がこぼれでそうだ。

「永いようだな」

「なにもしゃべらないわよ」

「亭主と娘の前でも黙秘をとおすんだな」

「やめてよ」

「そうはいかん。ひまつぶしのドライブじゃねえんだ」

「なにが知りたいの。あなたの所属は……」

「警視庁捜査一課。名は鹿取信介。ほかに訊きたいことは」

「なんの事件よ」

「岡村由乃……知ってるよな」

「……」

「今週の日曜、党首の宮沢小太郎と三人で食事をした」

「認めるわ。でも、党首の命令で同席しただけで、どんな人か……」

「往生際が悪いぜ。やっぱり、自宅につくまでおとなしくしてもらおう」

うしろの片岡が右腕を伸ばした。手には白布がある。

「まって。家には行かないで」

「洗いざらいしゃべるか」

彩子は、すこしの間を空け、ちいさくうなずいた。

想定内の展開だった。

彩子の夫、前原健二は公立高校の教師である。同僚や友人によれば、実直で正義感の強い男らしい。ひとり娘はK大学付属中学にかよっている。夫の実家は資産家で、彩子はいわゆる玉の輿《こし》に乗った。

彩子が宗教法人・極楽の道と接触を持ったのは五年前で、その当時、彩子は娘のアトピー症状に悩んでいた。近隣の主婦の紹介で、教団のセミナーに参加したのが入信のきっかけとなった。彩子を知る者たちの証言によれば、彩子は当初、夫に内緒で信者となり、教団関連の出版会社に勤めたという。その会社の社長が東京支部長の原口で、二人の仲はすぐに噂になった。それから二年、彩子は日本極楽党に職場を移した。教団関係者の話では、原口の強い推薦があって初代の婦人部長の要職に就いたそうである。

そのさい、彩子は夫に転職を伝え、極楽の道とは関係なく、政治の道を志したいと訴えて、夫の反対を押し切ったともいわれている。

それらの情報は、警視庁公安部の酒井正浩と、自前の情報屋によってもたらされた。

車は首都高速道路から中央高速道路へ移った。

時刻は午後十一時半になる。

「岡村由乃が殺されたのは知ってるな」

「ええ。テレビのニュースで」

「由乃と宮沢党首はどんな話をしてた」

「あの人、わけのわからないことばかり……」

「二人は以前からの顔見知りなのか」

「いえ。前日の土曜日に突然、党本部を訪ねてきて、極秘の話があるので党首に会いたいって……あまりしつこいので、わたしが応対し……」

彩子が語尾を沈め、短く息をついて言葉をたした。

「党首のおとうさんを知ってると……口調は穏やかだったけど、あれ、おどしよ」

「それなら、どうして警察に通報しなかった」

「相談したけど、反対された」

「だれに」

「支部長よ。夜、電話で話した」

「党の幹事長や事務局長には話さなかったのか」

「ええ」

「どうして」

「信頼が……」

「原口は党の幹部と折り合いが悪いそうだな」

「そんなことないわ」

「うそは通用せん。すべて調べたうえで、おまえを攫《さら》ったんだ」

「ひどい。警察が人攫いだなんて……」

「文句があるのなら、警視庁に連れて行ってやるぜ。そうなりゃ、おまえの家族は破滅。原口も無事では済まん。マスコミに知れれば、教団の信用も地に墜ちる」

「卑怯《ひきよう》ね」

「なんとでも言え。話を戻すぜ。由乃は党首に父親の名を言ったのか」

「いえ」

「党首の反応はどうだった」

「冷静だった。父親がだれなのか知りたそうにも見えたし、どういう目的があってそんな話をしているのか、丁寧に訊いていたわ」

「党首の父親は、昨年の暮れに殺された」

沈黙がおきた。彩子の白い咽がはげしく上下した。

「やっぱり、知ってたか」

彩子がぶるぶると顔をふる。一瞬にして顔が青ざめた。

「由乃に聴いたか。それとも、原口がおしえてくれたか」

「……………」

「応えろ」

「噂で……ほんとうよ。支部長だって真実はわからないと言ってた」

「おまえ、原口のスパイだよな」

「な、なによ、いきなり……」

「おまえのケータイの通話記録は調べてある。土曜日の午後三時すぎ、つまり、由乃が党本部を訪ねた直後、おまえは原口に電話をかけた。日曜の二時四十五分、新宿のホテルをでたあともすぐに連絡した」

「そんなことまで……」

「犯人をパクるためならなんでもやる」

「わたしが犯人だって言うの」

彩子が語気をとがらせた。

「そうじゃないのなら白状しろ。原口が殺《ヤ》らせたのか」

「な、な、なにを言ってるの」

「もういい。行く先を変える」

「だめっ、家は絶対にいやよ」

彩子が金切り声をあげた。

「心配するな。安全な場所だ。もっともおまえの態度次第で地獄にもなるが」

「どこなのよ」

「赤坂署だ。そこに由乃殺しの捜査本部がある」

「いやっ」

彩子が体をはげしく揺らした。

即座に、片岡が彩子の口に白布を詰め、眼にはアイマスクをかけた。

鹿取は、路肩に車を停めた。

彩子のコートのポケットとバッグをさぐり、携帯電話と手帳を手にした。それから、自分の携帯電話を耳にあてた。

一回の着信音でつながった。
「鹿取だ。これから重要人物を連れて行く」
《犯人なのか》
強行犯七係の山村の声がうわずった。
「犯人、もしくは、犯行を指示した人物を知ってると思われる者だ」
《だれなんだ。教団本部の小関か》
「ちがう。どうする。要るのか、要らんのか」
《引きとる》
声が弱い。ためらっているのはあきらかだ。
「ひとりで来い。一時間後、場所は日比谷公園の地下駐車場だ」
《あんた、ひとりか》
「おう。心配だろうからテープもおまけしてやる」
《わかった。一時間後に行く》
「どうしようと勝手だが、幹部に俺の名を言えば、おまえの首があやうくなるぜ」
《わかってる。確認するが、どう扱うかは俺の判断にまかせるんだな》
「ああ。俺は、おまえとの約束を守っただけだ。そっちの事案に興味はねえ」
鹿取は、電話をきり、車を発進させた。

翌朝の七時前、鹿取は六日ぶりに青山署の玄関をくぐった。

会議室に入ったとたん、いくつかのきつい視線を浴びた。

いつもの席に座るや、雛壇にいた丸井係長がすっ飛んできた。

「なにやってやがる」

「捜査に決まってるでしょう」

「電話する時間がないほど忙しかったのか」

「あいにくケータイを失くしまして」

となりで児島がぷっと吹きだした。

不機嫌をあらわにしていた倉田までが表情をゆるめた。

丸井が耳元でつぶやいた。

「きょうはもめるぞ」

「はあ」

鹿取が声を発したときはもう、丸井は背をむけていた。

幹部連中が入場してきた。

捜査一課の坂上課長の姿はなく、中央に青山署の署長、両脇に捜査一課の星野理事官と青山署の刑事課長が座った。公安総務課の大竹課長と中山管理官もいる。

「おい、鹿取」

星野に声をかけられ、視線をむけた。

「あとで話がある。残ってろ」

「朝食付きでお願いします」

場内のあちらこちらから失笑がもれた。

となりの児島が話しかける。

「きょうは絶好調ですね。いいことがあったんですか」

「あるか。おまえらを激励に来たんだ」

児島が首を傾け、覗《のぞ》き込むような仕種《しぐさ》を見せた。

「自分もあとで話があります」

「ほう。ことしは男にもてる年か」

「えっ」

「なんでもない」

青山署刑事課の森下課長が声を張った。

「皆、静かにしろ。これから重大な報告がある」

森下が緊張しているのは遠くからでもわかった。

「宗教法人・極楽の道だが、いま内部抗争がおきているようだ」

場内にざわめきはおきなかった。捜査員の数名の頭が傾いただけである。

前方で声があがった。

「うちの事案と関係があるのですか」

強行犯一係の吉川の発言は捜査員たちの疑念を代弁していた。

しかし、森下にうろたえる様子はない。

「話は最後まで聴け。ついさっき、公安部からもたらされた情報によると、被害者は極楽の道と深い関係があることが判明した。内部抗争はいわゆる主導権争いで、被害者はその騒動に巻き込まれた可能性がでてきた」

吉川が食いさがる。

「しかし、いまごろになってどうして……先日、自分が被害者と公安部との接点を問い質したとき、そちらにおられる大竹課長は、通常任務の範囲内で被害者周辺を内偵捜査していたと……しかも、捜査内容はおしえられないとも言われた」

「捜査が進展したんだろう」

森下が力なく応え、大竹のほうに視線をふった。

大竹がちいさくうなずき、口をひらいた。

「前回の発言で、わたしは上司にお灸《きゆう》をすえられた。だが、吐いた言葉は呑めん。君たちに対する発言の責任もあるので、最新の情報を提供したのだ。それさえもうたがうと言うのなら、今回の情報は忘れてくれ。わたしはもうここへは来ないようにする」

「石を投げて、逃げるのですか」

「こらっ、吉川、言葉を慎め」

森下が声を荒らげた。

大竹は表情を変えなかった。

とっさに、鹿取は雛壇の中央を見た。

星野はあいかわらずしらっとしている。どこを見ているのかさえよくわからない。

吉川がさらに突っ込んだ。

「ありがたく情報を頂戴しましょう。そのついでと言ってはなんですが……被害者と極楽の道との深い関係の中身をおしえていただけませんか」

「いいだろう」

大竹が低い声で言った。

こういう展開になるのは想定内だったのか。

これは茶番劇の続編なのか。

鹿取は、そんなふうに思った。

きのうの己の行動がどう波紋をひろげているのかを知りたくて会議に出席したのだが、めあての捜査一課長は出張ってこなかった。

期待はずれで気がゆるみかけたとき星野に声をかけられ、いまは予想外の展開になって期待以上の光景を目撃している。

大竹が言葉をたした。

「二十五年も前のことだが、被害者は極楽の道の教祖、宮沢鸞子と男女の仲にあった。日本極楽党の党首は二人のあいだに生まれた子だ」

「それが判明したのはいつです」

「数日前と応えておく」

「つまり、被害者の細胞をＤＮＡ鑑定し、ようやく結論を得た」

「想像は勝手だ」

大竹は暗に認めた。本人の承諾なしで、宮沢小太郎のなにかを入手したのだろう。

「もうひとつ、内部抗争の実態もおしえてください」

「ここまでしゃべったんだ。もちろん、おしえてやるさ。教祖は信者の絶対的信頼を得ているようだが、組織の運営にはド素人だ。巨大化しつつある教団の実権を握ろうと、ふたつの勢力がせめぎあっている。じつは、われわれの内偵捜査はその実態を正確につかむことにあった。被害者と教祖の過去の関係はほぼ確信に至っていたのだが、確証はなく、したがって、被害者の教団への影響力がどの程度およぶのか、量りかねていた」

吉川が黙った。

場内のあちらこちらで、ため息のような、驚嘆のような声がもれた。

鹿取は、腕を組んで、ひたすらながめていた。

大竹の話に、おおむねうそはない。

ただし、一点だけ事実と異なる。というより、事実を隠している。公安部は、被害者の教団への影響力を危惧する以上に、被害者の将来に神経を尖らせていたのだ。

被害者の伊藤正志は国土交通省の事務次官の座を約束されていた大物官僚で、省内の信望も厚く、他の省庁のエリート官僚らと太いパイプでつながっていた。そのうえ、与野党がこぞって国政選挙への出馬を打診するほど、彼は能力と行政手腕を買われていた。

公安部は、彼の存在が教団のみならず霞が関や永田町へ及ぼす影響を憂慮していたのである。とくに、伊藤が日本極楽党から国政に打って出た場合のことを念頭において、彼や日本極楽党を監視していた。

警察庁の田中が送ってきた資料にはそうした情報と分析が詳細に記してあった。

伊藤の周辺の者たちが彼に与えた満点の評価は眼に見える部分のもので、田中の情報によれば、満点の評価をはるかにしのいで、公安部は恐怖心すら抱いていたようである。それはすなわち、彼を日本極楽党躍進のキーマンと見ていたことを意味する。

児島に肘で脇腹を突かれた。

「どうしたのです」

「なにが」

「なにがって……出番でしょう」

「本気ですか」

「ああ。大人になった」

鹿取はくり返して言った。

本音だが、意味するところは、たぶん、児島の想像とはかけ離れているだろう。

「よしっ」

元気をとり戻した森下の声が場内に響いた。

そのときである。

ドアが開き、捜査一課の坂上課長が突進するように入ってきた。

「どけっ」

ひと声発して森下を追い払い、その席に腰をおろした。

「ドアの外でちらっと耳にしたが、皆に言っておくことがある」

坂上は感情を押し殺すようにゆっくりと、しかし、力強く言った。

場内は緊張をはらんで静まり返った。

「公安部の貴重な情報の提供には感謝する。しかし、われわれが刑事部の捜査員であることを忘れるな。われわれは予断を持っての捜査をしてはならない。われわれが公安部のように監視対象ありきの捜査手法をとれば、真実を見誤ることがある」

「しかし……」

端の席に移った森下が遠慮ぎみに声を発した。

坂上が森下をにらみつけた。

「なんだ、言ってみろ」

「いま、われわれの捜査は行き詰っています。ほかに有力な情報なり手がかりがあるのなら別ですが、公安部の情報を突破口にするべきではないでしょうか」

「なにも公安部の情報を無視しろと言ってるわけではない。さっきも言ったように、わたしは情報の提供には素直に感謝してる。だが、情報は証拠ではない。大竹課長は、被害者と教団教祖との関係や、教団の内部抗争を話されていたようだが、それだけに的を絞っていいものかどうか。刑事部の職務は、疑惑の解明ではない。真実の追究なのだ」

「では、情報にどう対応されるおつもりですか」

森下の質問の途中に、前列から手が挙がった。

坂上がそれに反応する。

「なんだ、吉川」

「課長はよもや、尻込みされてるわけではないでしょうね」

「なにっ」

「新興教団の、警察の捜査に対する抗議はすさまじいと聞いています」

「なめるな。宗教組織であれ、圧力団体であれ、正当な捜査の妨害は断じて許さん」

「相手が公安部でも……」

「あたりまえだ」

坂上がどすを利かせ、右から左へ場内を見渡した。

「これから警視庁へ行って刑事部長と相談し、幹部会議を開く」

坂上が視線を大竹に移した。

「ぜひ、大竹課長も参加願いたい」

「いや。これ以上の刑事部への介入はやめておく。わたしは、公安部の内規を逸脱し、極秘扱いの情報を提供してしまった。その責任について、公安部長の判断を仰がねばならないので、これで失礼する」

大竹が淡々とした口調で言ったあと、部下の中山を促して席を立った。

坂上は黙って見送り、ふたたび、捜査員に声を発した。

「今後の捜査方針は夜の会議で示す。それまで従来の捜査を継続するように。以上だ」

坂上が真先に部屋をでた。

とまどいを隠そうともしない青山署の署長があとに続き、ほかの幹部も立ち去った。

ひとり、星野理事官だけが残っている。

「すごいな」

児島が声をもらした。

鹿取が視線をむけると、児島が薄く笑った。

「こんなすさまじい内部抗争、初めて見ました」

「まだ前座さ」

鹿取は言い残して、立ちあがった。視線の端で星野の背をとらえている。

階段の踊り場で追いついた。

「話があるんでしょ」

星野が足を止めた。

「いや。もういい」

「俺に声をかけたのは、パフォーマンスでしたか」

星野が眼で笑った。

「それとも、坂上課長の乱入で、俺への用事がなくなったのですか」

「あれは想定内だ。臨時の幹部会議のあと、忠犬が電話をかけてた」

「だれです」

「言う必要はない」

「あんた、この俺になにを期待してる」

「うぬぼれるな」

星野が階段をのぼりだした。

なにを企《たくら》んでやがる。

鹿取は、彼の背を見つめ、胸のうちでつぶやいた。


碁盤の目の町は四方を木立に囲まれている。

藤沢市郊外の極楽タウンは静かで、人の往来もほとんどなかった。

路地角に立つ制服姿の警備員と眼光鋭い男どもを見なければ、その一帯が公安部署の厳重監視区域とは想像すらつかないだろう。

鹿取は、大門から真っ直ぐ伸びる先にある白亜の建物を見つめた。

「あれが本堂か。俺には宮殿に見えるぜ」

となりで、強行犯七係の山村が言った。

「総大理石らしい」

「いい商売だな。能書きをたれてりゃゼニが降ってくる」

鹿取は左に折れた。

本堂とは対照的な和風家屋の玄関には、宗教法人・極楽の道　総本部、の看板がある。

受付の事務員に氏名を告げると、すぐ応接室に案内された。

ほどなく、中肉中背で、顔にもこれという特徴のない中年男があらわれた。

男は丁寧にお辞儀をし、名刺を手渡した。

小関英司。教団総務部　副部長、とある。

山村と小関が正面に向き合い、鹿取は山村のとなりに座った。

「お忙しいところを申し訳ありません」

山村が挨拶もそこそこに訊問をはじめた。

「バー・由乃へ頻繁に行かれるようになったきっかけは」

「知人に紹介されました。その方の名前はご勘弁ください。店もママも気に入ってかようようになったのですが、なにしろ自宅が横浜なので頻繁というわけではありません」

「充分に常連ですよ」

「わたしは母親と二人暮らしの独身でして……」

「ママに惚れてた」

「えっ、ええ」

小関が手を頭に乗せた。

「その割にはひとりで行かれたのが最初の一回しかない」

「照れくさくて……若いころから女性と差しで話すのが苦手なもので」

「お連れの方々は教団の関係者ですか」

「そうでないときもありました。役職柄、外部の方々とのつき合いも多くて。まあ、そのおかげで、教団の経費を使えたのですが」

「で、うまくいったのですか」

「えっ」

「ママですよ」

「そんな……ずっと片想いでした」

小関が苦笑をもらした。

「事件前日の日曜の夜だが、岡村由乃さんと電話で話をされてますね」

「はい。今週の木曜に行く予定だったので、夕食に誘いました」

「返事は」

「先約があるとあっさりことわられました。むこうは媚《こび》を売らなくてもわたしが店にかようのはわかってますから、仕方ありません」

「それでも惚れてるの」

「ええ……この歳の恋は始末に悪いようです」

鹿取は、感心しながら、小関の表情を観察していた。

稀代《きだい》の人誑し。

一部の週刊誌などで教祖の宮沢鸞子をそう揶揄《やゆ》する記事を眼にするが、小関を見ているうちに、その言葉が思いうかんできた。

だが、鹿取はいっさい口をはさまなかった。うそは塗り重ねるうちにボロがでる。

三十分後、建物をあとにして、山村と肩をならべた。

「あんがい淡白なんだな」

「きょうのところは、あんたの要望に応えてここへ来た」

「幹部には内緒か」

「あたりまえだ。それよりも、あんたの感触を聴かせてくれ」

「小心者だ。それを悟られまいと、問われていないことまで自分からしゃべってた」

「そうか」

山村の表情が満足そうにゆるんだ。

「まだあいつに気があるようだな」

「まあな」

「赤坂署のほうはどうだ」

「前原彩子にふりまわされて、てんやわんやだ」

「すなおにしゃべってるのか」

「あの女、肝心な話になると、だんまりを決め込む。警戒心が強いうえに、しぶとい。あんた、よく接近できたな」

「彩子は話さなかったのか」

「なにを」

「俺に拉致されたのを」

「拉致だと」

山村が語尾をはねあげ、眼をまるくした。

「引き渡すとき、なんでそれを言わなかった」

「言えば、どうした」

「そりゃ、だれだってためらう」

「心配いらん。これから先も彩子がしゃべらん自信はある」

「あんた、どこで攫ったんだ」

「都内のホテル」

「そうか。東京支部長の原口とデキてるのか」

「……」

「あのテープ、細工してるんじゃないだろうな」

「それはないが、都合のいい部分だけを録音した」

鹿取は余裕で返した。

――岡村由乃が殺されたのは知ってるな――

そこからスタートさせ、

――犯人をパクるためならなんでもやる――

その直後に止めた。

「あんた、どうしてあの女を俺に渡した」

「約束したからよ」

「俺が頼んだのは小関だぜ」

「おなじ教団にいる。二人がつながってる可能性もあるし、あんたが教団関係者を取り調べるきっかけになるとも思った」

「他意はないんだな」

「ないこともない」

「もったいつけずに言えよ」

「おまえの捜査には関係ない」

「黙ってると、俺のほうは協力できなくなるぜ。今夜にもあの女を釈放せねばならん。日本極楽党の顧問弁護士が抗議してるし、被害者と殺害前日に会ったというだけでは、捜査に非協力的な態度をとっていようが、二泊三日がぎりぎりだ」

「好きにしろよ」

「あの女、官僚殺しに関与してるのか」

「さあな」

大門をでた。

近くにグレイのセダンが停まっている。

鹿取は足を止めた。

「俺はここで消える。ちょっと寄るところがある」

「ああ」

山村は投げやりに言ったが、離れ際に語調を変えた。

「ありがとうよ。協力には感謝してる」

山村が路地角に消えるのを待って、セダンに近づいた。

運転席にいるのは神奈川県警察本部警備部公安二課の安西亨である。

後部座席に腰を落ち着け、煙草を喫いつけた。

車が動きだした。目的地は藤沢市内の総合病院である。

そこに教団事務総長の米山悟が入院している。

安西が話しかけてきた。

「米山総長はよく面談の依頼に応じましたね。これまで警察とは何度か衝突し、米山は極度の警察嫌いになってるそうですよ」

「俺の、日ごろの行ないがいいからだ」

鹿取は笑顔で返した。

米山の警察嫌いは先刻承知で、正攻法では病気を理由にことわられると思い、警察庁の田中に協力を要請した。電話での要請からわずか一時間で米山が病室での面会に応じるとの連絡を受けた。田中は神奈川選出の国会議員に仲介を依頼したという。その議員は選挙での組織票ほしさで米山に接近しており、米山のほうもなにかにつけて議員に相談を持ちかけているらしい。

安西を同行させたのは田中の配慮だった。神奈川県警の顔を立てたのだろう。


米山は病院の特別室にいた。

瘦軀《そうく》をパジャマに包み、その上から濃紺のガウンを着ていた。

顔は土色にちかく、両頰はげっそりこけている。医師の話では、持病の心臓疾患の治療のほかに、ここ数か月は人工透析も行なっているそうだ。

それでも、眼には力が感じられた。

L字型のソファに座った米山は、病気を失念するほどの威厳を漂わせていた。

鹿取は、もう一方のソファに腰をおろし、頭のなかを整理した。

医師から面接時間は三十分と制限されている。

「自分は、国土交通省の伊藤審議官が射殺された事案を担当しています。そこで、はじめにお訊ねしますが、あなたは、彼と宮沢教祖の関係をご存知でしょうか」

「すべて知っている」

米山が毅然《きぜん》として言った。

「教団と党内に、宮沢親子と被害者の関係を知る者はほかにいますか」

「真実を把握しているのはわたしだけだ」

「うたぐってる、あるいは、真実を知ろうとしている者はどうです」

「その可能性は否定しない。しかし、知ったところで、どうなるものではない」

「被害者が亡くなられたからですか」

「それ以前の話だ。伊藤さんは、教祖と息子はもちろん、死ぬまで教団にはかかわらないと約束された。お見せできないが、念書もある」

「ほう、念書も……それはだれとだれが交わしたものですか」

「教祖と伊藤さん。わたしが立ち会った」

「いつのことです」

「教団を創設する直前のことだ。わたしは、教祖に問い質した。隠していることがあればすべて話してくれと……教祖がスキャンダルにまみれるわけにはいかないからね。教祖もわかってくれた。告白されるまで数日を要したが、丁寧に話してくれたよ。伊藤さんのことは、聴いていて、とてもつらかった。おそらく教祖は親子三人で暮らす夢を捨て切れていなかったのだろう。当時は伊藤さんもまだ独身だったからね」

「そのころ、二人は会っていたのですか」

米山がゆっくり首を横にふった。

「お互いが我慢してたのだと思う。伊藤さんは官僚として大事な時期だった。教祖は、マスコミで脚光を浴びる存在になっていた」

鹿取は、短く息をついた。

伊藤正志は、なぜ殺されなければならなかったのか。

胸にくすぶる疑念を口にするか、否か。

短い逡巡《しゅんじゅん》のあと、意を決した。

米山の眼は信頼できる。

その勘が口をひらかせる。

「念書が存在するにしても、伊藤さんと宮沢親子が血でつながってるのは事実です」

「………」

米山の眼光が鋭くなった。

「人であれば、どんな環境におかれようと、己の血を分けた息子への情は捨て切れるものではありません」

「おっしゃるとおりだ」

「伊藤さんは、将来を嘱望されていた。複数の政党が彼に国政選挙への出馬を打診していたようで、彼自身もまた国政への意欲を見せていた。ですが、彼は、どの既成政党にも色よい返事をしていなかったそうです。その胸のうちを、どう読み解かれますか」

「日本極楽党から出馬する……わたしに、そう言わせたいのか」

「あなたの推測をお訊ねしています」

「応えようがない。他人の情の部分を推測してものを言うのは愚かなことだ」

「そのお言葉……伊藤さんと日本極楽党とのあいだに密約は……」

「ない」

強い口調にさえぎられた。

「だが、伊藤さんの胸のうちを……わたしもすくなからず案じてはいた」

鹿取は、すこし間を空けて、質問を変えた。

「岡村由乃さんを、ご存知ですね」

「ああ。三年前の一月半ば、教祖に会いたいと電話がかかってきた。教祖は彼女のことをすっかり忘れていたらしい。しかし、そのままにしておけば災いの元になると思い、わたしが東京へでむいて会うことにした」

「由乃におどされたのですか」

「いや。彼女は推測を口にしたにすぎなかった。教祖が二十四歳のとき、彼女は偶然、横浜のバーで教祖を見かけた。一緒にいた男性と……伊藤さんだが……仲むつまじく寄り添っていたと……日本極楽党設立の広告を見て、ぴんときたらしい」

「その程度でも、あなたは部下の小関を由乃の店にかよわせた」

「些細《ささい》なことかもしれないが、教祖が十代の後半から二十代半ばまで、夜の仕事をしていたことがおおやけになれば、教祖が著書に記したことと矛盾する。相応のカネを握らせるか、強引に黙らせる方法もあったのだが、教祖はどちらも望まなかった。おどされていないのなら彼女を援助する方法で、円満に解決してほしいと懇願された」

「あなたと教祖以外で、そのことを知ってるのは」

「小関だけだ。といっても、小関は教祖と伊藤さんの仲を知らん」

鹿取は、ちらっと腕時計を見た。あと十分しかない。

「先週の日曜、由乃が党首と面談したのはご存知ですか」

「その夜、党首から教祖に電話があった。おかあさんが養護施設にいたころに親しかったという女性に会ったと……岡村さんは、伊藤さんのことも、横浜の夜のことも話さなかったようだが、わたしは、教祖へのメッセージだと理解した」

「また話し合われたのですか」

「電話でね。このとおり、動きまわれる体ではない。彼女は、申し訳なさそうな口調で、リーマンショック以来、お店の経営がかんばしくないと……わたしは要望を訊いた。彼女はいまのやり方でいいから、使う金額を増やしてくれないかと言い、もしお店を畳むことになっても老後の援助を約束してほしいと頼まれた」

「返事はどう」

「先の約束には不安があるので、書面を交わそうと提案しました。翌月曜に顧問弁護士をここに呼んで、書類を作成するよう指示したのだが……」

米山が無念そうな表情を見せた。

鹿取は、米山の話を疑わなかった。

おとといの夜、日比谷公園への道すがら、日本極楽党の前原彩子を質問攻めにした。彩子の話によれば、党首の小太郎と食事をしているあいだ、由乃はなつかしそうに、鸞子とすごした少女時代を語ったそうである。小太郎の出生についても、鸞子が夜の横浜で働いていたことも口にしなかったようだ。

鹿取は、ぐるりと首をまわし、口をひらいた。

「最後の質問です。教団内部に……党を含めて……面倒はかかえていませんか」

「組織がおおきくなればいろんな問題が生じる。それは一般の企業でもおなじだろう」

「具体的におしえていただけませんか」

「すでに調べてるんじゃないのかね。君はただの刑事ではなさそうだ」

「多少ひねくれてはいますが、桜田門のペイペイですよ」

米山が眼のまわりに無数の皺《しわ》を刻んだ。初めて見せる笑顔だ。

「元気だったころ、国会議員の紹介で警察庁の官僚と食事をしたことがある。博識で聡明な人だった……まあ、そんな話はどうでもいいか」

鹿取は、丁寧に頭をさげて、腰をあげた。

胸のあたりがずいぶん軽くなった気がする。


男は首が折れたかのようにうなだれていた。

顔面は蒼白《そうはく》で、ズボンの折り目が小刻みにゆれている。

きのう教団本部で会った男とは別人のようである。

鹿取は、バー・由乃の入口に立ち、変わり果てた小関を見つめた。

小関は鹿取が入って来たのも気づかないようだ。

「あんたの言うとおりだった」

手前のカウンターに座る山村があきれたように言った。

山村から電話があったのは二時間ほど前である。

《小関を赤坂署に呼んだ》

「幹部は了承したのか」

《ああ。前原彩子の供述のウラをとるのにどうしても訊問する必要があると言い張った。もうひとつ、目撃証言も押し切る決め手になった。現場から走り去る男の目撃者に、小関の写真を見せたんだ。似てるという証言を得た。それで、きのうまでは教団に配慮を見せていた捜査一課の課長様が、落とす自信があるのならやれと》

「訊問に立ち会わせてくれ」

《無茶を言うな》

「小関をバー・由乃へ連れて来いよ」

《しかし……》

「小関は小心者だ。現場に連れて行けば態度が豹変《ひょうへん》するぜ」

そのひと言で、山村が決断したのだった。

鹿取は、小関の腕をとり、カウンター奥の席に座らせた。

小関は座ってもうなだれたままで、体を支えるように両肘をカウンターにあてた。

鹿取は、カウンターのなかに入った。

山村が訊問を始める。

「おまえが殺ったんだな」

「はい」

蚊の鳴くような声がした。

「当日夜の行動を話せ。おまえが午後六時に帰宅し、母親と食事をしたあとのことだ」

「前の日の電話がずっと気になって……」

「被害者に別れ話を持ちかけられたか」

「それならあきらめられたかもしれない。由乃さんは自分にもカネを要求したのです。事務総長の米山さんと円満に話がついたあとで……」

「おい」

山村が声を荒らげた。

「なんの話をしてやがる」

小関が顎をあげた。眼つきがおかしい。頬が痙攣しはじめた。

鹿取は、山村に話しかけた。

「ここから先の話、聴いたらすぐに忘れてくれ」

「あんたまでが、なにを言ってる」

「おまえのためだ。調書にとれば、公安部につぶされるぞ」

山村が犬のように唸《うな》り、ややあって、口をひらいた。

「いいだろう。続きはあんたが訊問してくれ」

鹿取はうなずき、小関を見据えた。

「おまえ、由乃に相談されたな」

「…………」

「そうか。おまえの悪知恵か」

「ち、ちがいます。お店の経営が苦しいって言うから……それなら、援助の額を増やしてくれるように持ち掛けてはどうかと……」

「日本極楽党の党首に面会を求めるよう言ったんだな」

「それなら恐喝にならず、円満な交渉ができると思いました」

「つまり、おまえは教団が由乃を援助する理由を知っていた。おまえが調べたのか、それとも、由乃が寝物語にしゃべったか」

「国土交通省の伊藤さんが殺されて三日目か四日目の夜、由乃さんが、じつはと……」

「おまえは由乃を手放したくなかったから、教団と米山を裏切った」

「そ、そうじゃない。教団はその程度のカネでビクともしません」

「そんな次元の話か。もういい。先に進む。由乃から交渉がうまく行ったと連絡があったあと、こんどはおまえが強請《ゆす》られた。そうだな」

小関がうなずいた。またうなだれたのかもしれない。

「言われたとおりにすれば死ぬまでカネをむしりとられる。ことわれば、告げ口され教団を追いだされる。それで殺す気になった」

「母親が病気なんです」

「なんの関係がある」

「わたしはずっと結婚しようと……本気で惚れていました。だから、由乃さんのためになんとかしてやりたかったけれど、逆にカネを要求され、このままでは病気の母親の面倒もみられなくなると……」

「母親のために殺したとでも言いたいのか」

鹿取は吐き捨てるように言った。

いまの世のなか、なんでもかんでも世間や他人のせいにしやがる。

凶悪な事件を担当するたびにそう思い、どいつもこいつもぶん殴りたくなる。

鹿取は視線を戻した。

「あとはそっちでやってくれ。動機は痴情怨恨で充分だろう」

「捏造《ねつぞう》しろってことか」

「おまえの判断にまかせるが、この野郎も、そのほうがスラスラしゃべるぜ」

「わかった」

鹿取は、眼でうながし、扉の外にでた。

「連携を解消する前に頼みがある」

鹿取は、有無を言わせぬ口調で言った。

「ヒィー」

視線を合わせたとたん、前原彩子が奇声を発した。

眼を見開き、背をむける。

山村が彩子の両肩をつかんだ。

彩子が喰ってかかる。

「どういうことよ」

「あそこの刑事さんが言うには、こんな場所のほうがあんたに都合がいいだろうと」

「冗談じゃないわよ。わたしの疑惑は晴れたんでしょ」

「赤坂署のほうは……だが、青山署の事件は解決していない」

「そんな。わたしは関係ない」

「それを証明すればいいじゃないか」

「いや。あの刑事は、絶対にいや」

「それなら青山署へ連れて行かれるぞ」

山村が彩子の体の向きを変え、背を押すようにした。

鹿取は笑顔を見せ、彩子を手招いた。

「きょうはおだやかに話をしよう」

「どこまでも卑怯なのね」

「じっくり話せば、俺に惚れるかもしれんぜ」

「ばかっ。だれがあんたなんかに……」

山村が笑いながら部屋を去った。

ようやく観念したのか、彩子がソファに腰をおろした。

赤坂のカラオケボックスにいる。

赤坂署に帰りしだい釈放するという山村を口説き、彩子を連れて来させた。

どんな手を使おうと、彩子が訴えないという自信はあった。彩子は二泊三日の取り調べでも、極楽の道東京支部長の原口との関係を認めなかったそうである。自分の家庭を守りたいという理由だけではあるまい。

鹿取は、水割りをこしらえてやった。

「飲んで、気持ちを鎮めろ」

彩子が上戸なのはわかっている。

「さっさと済ませてよ。わたしは、伊藤さんの事件とは無関係なんだから」

鹿取は、水割りを飲んでから口をひらいた。

「もう一度訊くが、あんた、スパイだよな」

「そんなんじゃない。たしかに、支部長には日本極楽党の内情を報告するよう頼まれたけど、それは……教団と党が円滑に連携できるためにと……」

「原口がそう言ったのか」

彩子がうなずく。

「あんたと原口の仲はいつからだ」

「……………」

「俺に隠す必要はないだろう。実際、俺はそのことをさっきの刑事におしえなかった。それがわかったから、あんたも秘密を白状しなかった」

「五年……初めてセミナーに参加した夜、つい飲みすぎて……あの人、口説き上手で……わたしも、娘のアトピーに悩んで気分が沈んでいたから」

「男てのは、そういう隙間に付け入る。とくに宗教家はそうだ」

「あなたに説教されたくない」

「そら、そうだ。ところで、日本極楽党の内部情報、だれにしゃべった」

「えっ」

彩子が眼を見開いた。

「原口だけじゃないよな」

「な、なに言ってるの」

「あんたが原口との仲を白状しなかった理由は、ほかにもある」

彩子がグラスを手にし、一気に半分を空けた。

「言ってることがよくわからないわ」

「その体で思いだせよ。由乃と会った日曜の夜、原口に電話したよな」

「したわ」

「どこから」

「………」

彩子の唇がふるえだした。

「応えろ」

彩子がぶるぶると顔をふる。

「渋谷道玄坂のラブホテルにだれといた」

「………」

「正直に話せば、俺が守ってやる」

また彩子が顔をふった。

「あんたと原口の仲は、すぐに東京支部のなかで噂になったそうだな」

「噂よ。やっかみよ」

「けど、そんな噂にでも敏感に反応する連中がいる。その連中にとっては事実関係のウラをとるなど朝飯前だ」

彩子がおおきく息をぬいた。

「守ってやるぜ。これから先、おまえには指一本ふれさせせん」

「できるの」

か細い声だった。

「職業と名前を言え」

「ほんとうに守ってくれるのね」

「くどいぜ。信じられんのなら、一生、二重スパイをやるんだな」

「わたしを自由にしてくれるの。あなたにできるの」

「やれなきゃ、あんたを追い詰めたりせん。俺も腹はくくってる」

彩子がグラスを空け、ふうっと息をついた。

「警視庁公安部の、鳥谷新二郎」

「警察手帳は見たか」

「ええ」

「その男に、体も要求されたのか」

「お代わりを頂戴」

彩子の声に気の強さが戻った。

鹿取は、濃い目の水割りをつくった。

彩子が咽を鳴らした。

「わたしのほうから誘ったわ。どうせ逃れられないのならすこしでも有利になる状況をつくっておこうと思って」

「たいした玉だぜ」

「やけくそよ。いまここで、あなたとだって寝られるわ」

「俺は女好きだが、条件付きの据膳《すえぜん》は食わん」

鹿取は、さらりと言い、ポケットの写真をとりだした。

「鳥谷はこの男か」

「そう。こいつよ。自宅の前で待ち伏せられて……支部長との仲を白状しなければ家のなかに入られそうで、どうしようもなかった」

つまらん男だ。

鹿取は、胸のうちで毒づいた。

公安部の連中は何種類もの名刺を使い分ける。警察手帳も偽造する。


「もう捜査どころではありませんよ。捜査本部は大混乱です」

児島要はぶつぶつ言いながらも箸を動かし続ける。

食事処・円の女将の高田郁子は、児島の顔を見ただけで腹加減がわかるようになったらしく、今夜は料理の品数を増やし、おひつまで運んで来た。

茶碗四杯目をたいらげようとしている。

鹿取は、常温の日本酒と沢庵の古漬けをやりながら、ぼやきを聴いていた。

青山署の捜査会議には丸二日でていない。

おとといは藤沢市にある極楽の道本部と病院を訪ねたのち、神奈川県警の安西を連れて横浜の歓楽街で三好組の三好と遊んだ。胸にたちこめる靄《もや》が幾分薄れたこともあってか酔いの回りが早く、日付が変わったころには三好と安西を残して帰りの車に乗った。

きのうはバー・由乃とカラオケボックスを梯子したあと三好組事務所に閉じこもり、幹部の片岡と麦田弁護士の報告を聴き、情報屋たちと電話でやりとりした。

しかし、それらは己の確信の補足にすぎなかった。

「聴いてるのですか、鹿取さん」

児島の声に、それていた視線を戻した。

「捜査本部が荒れてるんだろう」

「荒れてるどころか、分裂寸前ですよ」

「幹部もか」

「ええ。係長の話によれば、幹部会議では公安総務課の大竹課長の発言の真意をめぐって意見が割れているとか……まったく、冗談じゃない。この期に及んで、公安部の思惑なんてどうでもいい。どんな思惑があって大竹課長が情報を提供したかなんて、自分らの捜査には関係ありません。情報が事実なら、それを活《い》かすべきです」

「それが捜査員たちの総意か」

「総意かどうかはわかりませんが、強行犯一係は強く主張しています」

「われらが三係は」

「自分と倉田さんは一係におなじですが、丸井係長は慎重で……」

「そのわけは」

「前代未聞の大竹発言には疑念を覚えると……しかし、発言そのものをうたぐっているわけではないので、捜査は継続するよう言われました」

「青山署の森下も当然、積極派だよな」

「ええ。でも、どうして当然なのです。最初に大竹課長に咬みついた人ですよ」

「茶番だと言ったろう。森下は大竹の情報屋だ」

「ええっ」

　児島がおおげさなほどのけ反った。

「森下の野郎、てめえが恐喝と傷害でパクった男の内妻とデキてやがった。五年前のことだが、その男は朝鮮総聯《そうれん》の関係者でな。大竹はそれをネタに森下をとりこんだ」

「そんなことを、公安部ではあたりまえのようにやってるのですか」

「公安刑事てのは、自前の情報屋をどれだけ持てるかで能力がわかる。とくに、警察内部の各部署にどれくらい喰い込めるかがポイントだな」

「鹿取さんも」

「忘れた」

「すぐそれだ」

「思いだしてもかまわんが、聴けば、おまえの純情がけがれるぞ」

「もう充分にけがれてます。鹿取さんとホタルさんの教育のおかげで」

「いやなら、離れろ」

「いまさらおそい。それより、鹿取さんは警察内部のなにを調べてるのですか」

「森下の件は、おまけの情報だ」

「では本線は……」

「きのうまでは供養のために汗をかいてた」

「供養……だれの……」

「赤坂の女だ」

「赤坂って、まさか……赤坂署の事案を捜査してたのですか」

「捜査じゃねえ。供養……つまり、仇討ちだ」

「ばれたら大変ですよ。赤坂署には強行犯の七係が出張ってます」

「山村のことを心配してるのか」

「昔、あの人をぶん殴ったんでしょ」

「いまは仲よしだ。で、手柄をくれてやった」

「犯人が逮捕されたとは聞いていませんよ」

「時間の問題だ。そろそろ逮捕状をとるんじゃないか」

児島が眼を白黒させている。

鹿取はこれまでの経緯をくわしく話した。

あきれたり、驚嘆したり、児島は様々な表情を見せながらも黙って聴いていた。

きのうの出来事まで話しおえて、煙草を喫いつけた。三好の兄貴分の黒田の病気と神奈川県警の螢橋に関する情報は隠した。

「鹿取さん、うちの事案で由乃というママに接近してたんですよね」

「ああ」

「それならどうして山村さんと手を組んだのですか」

「むこうにのんびりされると、いずれ邪魔になる」

「それでも日本極楽党の婦人部長の身柄を渡すことはなかったでしょう」

「不満なのか」

「あたりまえです。われわれが正式に訊問したあとでもよかった」

「青山署と赤坂署の事案はつながってないと読み切ってた。山村には内緒だが、やつの捜査に協力する見返りに、前原彩子の身柄を預かってもらったんだ。教団の東京支部長や彩子にうろちょろされ、公安部に身柄を持って行かれると面倒だからな」

「教団の事務総長……米山さんでしたか……その人の話、信用できるのですか」

「真実だ」

鹿取は語気鋭く言い放った。

「惚れた女を守りぬき、惚れたまま死んで行こうとする男はうそなどつかん」

「米山さんは教祖に惚れてるのですか」

「そう思う。米山は死期が近いのを感じてるのだろう。それで、俺に会った」

「ふたつの事件への教団の関与を明確に否定したのですか」

「しなかった。が、俺にはわかる」

鹿取は、天井にむかって紫煙を飛ばした。

――教団内部に……党を含めて……面倒はかかえていませんか――

――組織がおおきくなればいろんな問題が生じる――

――具体的におしえていただけませんか――

――すでに調べてるんじゃないのかね。君はただの刑事ではなさそうだ――

あの問答は米山が自分に真相解明を託したと、鹿取は思っている。

――元気だったころ、国会議員の紹介で警察庁の官僚と食事をしたことがある。博識で聡明な人だった……まあ、そんな話はどうでもいいか――

最後の言葉が確信の根拠になった。頭にうかんだのは、もちろん田中一朗である。

「どうわかるのです」

「教祖と教団そのものはどちらの事件にもかかわっていない」

「教団そのもの……あいまいな言い方ですね」

「青山の事件に教団東京支部の原口支部長が関与した可能性は残っているが、そうだとしても教団の意志ではないということだ」

「原口は伊藤正志と宮沢親子の関係を知ったのでしょうか」

「うたぐっても確信は持てなかっただろう。だから、肉体関係にある彩子を日本極楽党に送り込んだ」

「その彩子も真実を知ることはできなかった。つまり、伊藤と宮沢小太郎はいっさい接触しなかったということですね」

「たぶんな」

鹿取はそっけなく返した。

自分の出自を知らないだろう息子はともかく、父親の伊藤の心中はどうだったのか。

病院で米山にぶつけた疑念はいまもくすぶっている。

そして、それはおそらく、極楽の道と日本極楽党を監視する公安部、とりわけ公安総務課の連中もおなじ疑念に悩まされていたのではないか。

伊藤が満を持して日本極楽党から出馬して当選すれば、どういう事態がおきるか。おなじ経験と過程を持つ光衆党とその支持母体の光心会はどう対応するのか。公安部にとっては、最大の関心事にちがいあるまい。

光心会か。それとも、公安部か。

鹿取は、この二日間、二者択一に知恵をしぼっていた。

「これから先も真実は闇のなかですか」

「米山は覚悟を決めて俺と会った。それなら念書を見せてもいいはずなのにそうしなかった。つまり、伊藤が殺されたあと、念書は燃やされた」

児島がうつむいて息をぬき、思いなおしたように顔をあげた。

「これから、どうするのです」

「的は絞った」

「だれに」

鹿取は手酌酒をあおった。

今夜の酒は水のようだ。いくら飲んでも酔いそうにない。

「日曜の会議での大竹発言、覚えてるよな」

「もちろんです」

「あれは、やつの最後のあがきだ」

「あがき……」

「大竹の発言はカモフラージュだぜ」

「えっ」

児島が眼も口もまるくする。

「俺たちの捜査を攪乱、もしくは、ちがう方向へ誘導させるための情報漏洩《ろうえい》だった」

「そんな。本人は処分も覚悟と……」

「はったりだ。本人は処分されないと高をくってる」

「どうして言い切れるのですか」

「おしえるわけにはいかん」

「それならせめて、カモフラージュの根拠を説明してください」

「坂上が公安事案に的を絞ったことで、大竹はあわてふためいた」

「あれ、課長の独断だったのですか」

「すくなくとも公安部は相談されていなかった」

「でも、どうしてあわてたのです」

「わかりきったことを訊くな。大竹には知られたくない事実があるってことよ」

「知られたくない事実……」

「この四年間、公安部は伊藤と宮沢鸞子の関係のウラをとるのに汗をかいていた」

公安総務課の酒井がくれた資料には、宗教法人・極楽の道と日本極楽党に関する捜査報告書の内容が箇条書にされてあった。そのなかで、伊藤と鸞子の関係の解明が最重要事案になっていた。公安部は、伊藤正志という核を得た場合の日本極楽党が将来、永田町や霞が関に影響を与えることを極度に警戒したのである。

酒井によれば、一時期、課内でマスコミへのリークも検討されたが、伊藤と宮沢親子の関係を立証する証拠がないので見送ったそうである。リークしたところで、芸能人のスキャンダル騒ぎにも及ばないとの判断も働いたのだろう。血縁関係が暴露されたところで、伊藤も教祖も致命的なダメージを被るわけではなく、逆に、彼らの認知度のアップにつながるおそれもある。

田中がファックスで送ってきた文書には酒井の情報がよりくわしく記されており、伊藤や日本極楽党と、永田町、霞が関、経済界などとの人脈図が書いてあった。

さらには、公安部内の勢力図まで添付されていた。

それを見た瞬間、隠れ公安になったのをはげしく後悔した。

田中の資料は、警察上層部、それもごく一部しか眼にしない極秘資料だろう。もしかすると、田中ひとりが握っている情報かもしれない。

そう思うだけで心がふるえた。

とんでもないことにかかわった。

児島と三好の身の安全を護るためと己に言い聞かせて田中と連携したのだが、資料を送り返したくなった。

俺は田中にはめられたのかもしれない。

そんな疑念もちらっと頭をよぎった。

しかし、後悔と同時に、もうあとには戻れないのも悟った。

「ウラはとれたのですか」

鹿取は首を左右にふった。

児島の瞳から輝きが薄れた。

「頭のなかが混乱してきました。闇のなかの真実なのに……被害者は教祖や息子と縁を切って暮らしていたのに、どうして殺されたのですか」

「確執があったとしても、それは教団内部にかぎったことじゃねえ」

「それ、まさか……刑事部と公安部の……そんなことで……」

「勘違いするな。刑事部は束になってかかっても公安部には歯が立たん。それを重々承知の上で牙を剝くばかなやつもいるようだが」

「坂上課長ですね」

鹿取はうなずいた。

「あの男、そうとう頭が切れる。闘争心も俺の想像以上だ。おそらく坂上は、公安部内に不穏な空気があるのを知っていたんだと思う」

「公安部の内部抗争……それを、鹿取さんもつかんでいた」

「応えられん」

「そんな……中途半端はやめてください」

「俺にも信義のかけらくらいある」

児島が口をへし曲げた。

そこへ、女将の郁子があらわれた。

手にした皿に黄色の円い果物が載っている。

「土佐文旦よ。さっき、高知出身のお客さんが持って来てくれたの」

そう言いながら、ナイフで切れ目をいれ、器用に厚皮をむいていく。

ひと皮むくたびに、香りがひろがる。

半透明の果実が照明にきらめく。

鹿取は、硬い外皮と綿のような内皮に包まれた、水晶のような実を見つめた。

「ほんと、いい匂い。気持ちがやすらぐわ」

そう言い残して、郁子が去った。

児島が果実をむさぼりだした。

鹿取は、児島が食べているあいだに、最後の決断をした。

ここまでは児島を遠ざけてきた。児島の家庭内のトラブルも理由のひとつだが、もっとおおきな要因がある。児島の経歴に疵《きず》を付けたくないとの思いが強かった。

今回の事件はやっかいな捜査になる。

南青山の現場へむかう道すがら覚えた危惧は、現場に着いて恐怖に変化した。

公安部の動きがあまりに俊敏だったからだ。道路のあちらこちらで公安刑事を目撃しただけでもおどろいたのに、射殺現場には公安部の幹部が五人もいた。そんなことは、公安部に所属していた時代も含めて、初めてのことである。

だからこそ、鹿取も敏速に対応した。公安総務課の酒井をはじめ、自前の情報屋たちと接触して情報をかき集め、それを元に三好組の三好組長に協力を要請した。

その時点では、いずれ児島と連携するつもりだった。家庭内にトラブルをかかえていようとも、児島ならそれを乗り越え、捜査に集中できるだろうと思っていた。

警察庁の田中一朗に呼びだされたときも、その思いは変わらなかった。

しかし、状況は激変した。

公安総務課の大竹課長の二度にわたる機密漏洩である。

あってはならないことがおきたのだ。

――いいだろう。われわれの手持ちの情報をおしえよう――

大竹の言葉に唖然としながらも、幹部連中の顔色を窺《うかが》うことはできた。

しかし、大竹の二の句には眼の前が真っ暗になった。

――われわれの関心事は、被害者と、宗教法人・極楽の道とのかかわりだ――

あのひと言で、鹿取の頭がゆれた。

大竹は処分覚悟の発言をにおわせたけれど、上層部からの沙汰はなかった。

――大竹の発言の裏には、政治力がある――

田中の言葉にいったんは合点したのだが、大竹の発言は牽制《けんせい》だけには留まらず、青山署の捜査本部にさらなる激震を走らせた。

――宗教法人・極楽の道だが、いま内部抗争がおきているようだ――

青山署刑事課長の森下の口を経て飛びだした情報はさらに続いた。

――被害者は極楽の道と深い関係があることが判明した。内部抗争はいわゆる主導権争いで、被害者はその騒動に巻き込まれた可能性がでてきた――

事実であれば捜査の方向性を決定づける情報である。

捜査員たちはどよめき、色めき立った。

それを鎮めたのは、警視庁捜査一課の坂上課長であった。

――われわれが刑事部の捜査員であることを忘れるな。われわれは予断を持っての捜査をしてはならない。われわれが公安部のように監視対象ありきの捜査手法をとれば、真実を見誤ることがある——

　坂上は、語気を強めて、われわれと三度も言った。

　あのとき、鹿取は胆を据えた。

　児島と連携しようと思いなおしたのも、あのときである。

　鹿取は、児島が顔をあげるのを待って口をひらいた。

「どうだ。一緒に仕上げをやる覚悟はあるか」

「もちろんです」

　顔に動揺の色を見せながらも、声は力強かった。

　やはり児島は刑事の申し子なのだ。

「おまえの女房のことよりはるかに難関だぜ」

「望むところです」

「ひとつ、約束しろ」

「………」

　児島が唇を嚙んだ。

「捜査に必要な情報は俺がおしえる。だから、よけいなことに神経を使うな。事件の背景に興味を持つな。いいか」

　児島がこくりとうなずく。

鹿取もうなずき返し、ふたつの盃に酒を注いだ。

南青山官僚射殺事件からひと月がすぎた。

鹿取は、頬にふれるものを感じて、顔をあげた。

迷子の雪か。

街灯の光の輪のなかを舞う一片の雪を見つけた。

風はほとんどないが、足元はつめたい。週が変わったとたん、大陸から寒気が降りてきたようで、都心もようやく冬らしくなった。

かれこれ一時間あまり、赤坂一丁目の駐車場にいる。

煙草を喫いつけた直後、背に靴音を聞いた。

ふり返ると同時に、停まっている車の後部座席のドアが開いた。

鹿取は、でようとする男を眼で制し、近づいてくる男に声をかけた。

「気が気ではないんか」

「ええ」

公安総務課の酒井が眼前に立ち止まり、苦笑をうかべた。

「うちの課長を攫うつもりですか」

「そんときゃ、どうする」

「迷ってます」

「おまえは任務に忠実でいろ。俺をパクってもかまわん」

「その任務が……複雑です」

鹿取は応えずに視線をそらした。

路地の斜め向こう、黒塀のなかに公安総務課の大竹課長がいる。

児島と円で酒を酌み交わした翌日からきょうまでの三日間、大竹に張り付いている。といっても、公安刑事のころとは比べものにならないほど楽な監視だ。移動は車で、三好組の乾分らが常に同行している。

それでも体のあちらこちらが悲鳴をあげた。腹回りが太くなったせいか、単なる歳のせいか。おなじ姿勢で座っているのがつらくなって車の外にでたのだった。

大量の紫煙を飛ばし、視線を戻した。

「おまえ、アルバイトをやってるのか」

「えっ」

「通常任務のほかに、指令がでてるのか、訊いてる」

「どういう意味ですか」

酒井が怪訝《けげん》そうな表情を見せた。

こいつ、とんだ食わせ者かもしれんな。

その疑念はすぐに追い払った。すくなくとも敵ではないという安心感はある。

「消えろ。どこでだれが見てるかわからん」

「まだ返事を聴いていません」

鹿取は、黒塀にむかって顎をしゃくった。

「大竹の相手を知ってるのか」

「いえ。しかし、赤坂の料亭で会うのは……」

「ほう。大竹は何度も利用してるようだな」

「……」

「おなじ相手か」

「……」

酒井が眉をひそめ、その眉の尾がだんだん垂れてきた。

大竹を呼んだのはおそらく光衆党の幹事長を務める西原正行《にしはらまさゆき》だろう。西原の姿は、大竹が料亭に入った五分後に視認した。

「俺の気分次第でどうなるかわからん。おまえが俺に忠告したところで、素直に言うことをきくかどうか、約束はできん」

「わかりました。自分も臨機応変に対処します」

酒井がきびすを返した。

鹿取は車に戻った。

すかさず三好組の片岡が話しかけてきた。

「あの方は」

「仲間だ」

「そうでしたか。でしゃばりかけてすみませんでした」

「気にするな。それより、つぎに俺がそとにでてもここを動くなよ」

「やるんですか」

「なにを」

「先だっての女とおなじことですよ」

「今夜の相手はやわじゃない。だから、おまえは顔を見せるなと言ってる」

「それでは自分の務めが果たせません」

「三好組を護ることを優先しろ」

「そんなに物騒な野郎なんですか」

片岡には追尾している男の素性をおしえていない。相手が警視庁公安部の幹部と知れば大抵の者は腰がひけるが、三好組の乾分どもにはあてはまらないだろう。これまでに幾度も、連中の三好への忠義におどろかされている。

「とにかく、なにがあろうと、俺の指示がないかぎり動くな」
片岡が渋々の顔でうなずいた。
それから三十分あまりすぎて、路地向こうの料亭の玄関があかるくなった。
鹿取は外にでて、二歩三歩と近づいた。
料亭の前には黒塗りのハイヤーが二輌停まっている。
男がひとりあらわれた。
鹿取は眼をこらした。
めあての男たちのどちらでもなかった。
しかし、見覚えがある。
その男を乗せたハイヤーが走り去る。
三分も経たないうちに、二人の男があらわれた。着物姿の女も五、六人いる。
光衆党の西原幹事長が車に乗り込む。
大竹が車にむかって腰を折った。
ハイヤーが遠ざかると、大竹は赤坂通のほうへ歩きだした。
なじみの店にでも寄るつもりか。そんな足どりに見える。
鹿取は距離を詰めた。
「おい、大竹」

大竹が足を止める。だが、ふり返らなかった。

鹿取は、前にまわって面を突き合せた。

「俺の尾行に気づいていたのか」

「いや」

大竹が静かに応えた。

「けれど、そうするかもしれんとは思っていた。なにしろ、おまえとは同期で、公安部に配属されたのもおなじ年……係はちがっていたが、おまえの手法はわかってる」

「気質もか」

「すべて丸暗記だ。おまえの昔の女たちの名前もスラスラ言える」

「ひまな野郎だぜ」

「光栄だろうよ。おまえが公安部を追放されて十年がすぎた。それでも、警視庁の上層部はおまえの存在におびえてる。おまえを知らん若い連中でさえな」

「おまえはなめてるようだな。俺が出張った捜査本部に、その面を見せやがった」

「強行犯一係が出動すると聴いていた。あの現場におまえがあらわれたときはいささか泡を喰らったが、尻尾《しっぽ》を見せるわけにはいかんからな」

「根性は認めてやる。俺のことを気にしながらも、こうして堂々と光衆党幹事長の西原正行と会ってやがる」

「やましいところはない」

「西原とはちょくちょく会ってるそうだな」

「まあ、いろいろ世話になってる。おまえは勘ぐってるかもしれんが、俺くらいの立場になると、どの政党の先生方とも等距離でつき合わなきゃならんのだ」

「法務省の官僚も一緒とはびっくりしたぜ」

ひと足先にでてきたのは法務省刑事局の公安課長であった。

「身の危険を感じて、保身の相談でもしてたのか」

「ふざけるな。ただの意見交換だ」

「やつもおまえと同類か」

「どういう意味だ」

「カクレなんだろう」

霞が関の官僚のなかには新興教団とつながっている者が各省庁に数名から十数名いる。彼らは教団の入信者リストには載っていないが、熱心な信者であるのは変わりなく、それぞれの教団が支援する政党と緊密に連携し、教団の利益の確保に勤《いそ》しんでいる。そういう連中を公安部はカクレと称する。隠れ信者の隠語だ。圧倒的に多いのが隠れ光心会で、連中は光衆党との縁も深い。

警察庁の田中がくれた極秘リストには法務省刑事局の公安課長の名もあった。

「カクレは憶測にすぎん。確たる証拠がないからそう呼んでるだけのことだ」

「強がるな。内心はビクビクしてるんじゃねえのか」

「ふん。それより用件を言え。俺はつぎの待ち合わせがある」

「行けよ」

「はあ」

「今夜は気分が乗らん」

「気分がハイになろうと、俺には手をだせんさ」

大竹が薄く笑い、鹿取の肩を払うようにして歩きだした。

鹿取は、大竹に声をかけた。

「いきがってるのもいまのうちだ。鳥谷新二郎さんよ」

大竹の足がぴたりと止まった。

それでも、ふりむかない。

「ずるい女には気をつけな」

鹿取は車にむかった。

背に声はかからない。靴音も聞こえなかった。


となりで児島要が肩をゆすっている。

鹿取が急行したのに、のんびり構えているのでいらだっているのだ。

「踏み込まないのですか」

児島が前方のアパートを見つめたまま言った。

「江戸時代じゃねえんだ。不義密通の罪は通用せん」

「どうするつもりなのです」

「心配するな。やつを攫って吐かせる。しくじればこっちのクビが飛ぶからな」

「間違っても殺さないでくださいよ」

「ん」

「どうせ、拳銃を持ってるんでしょ」

「おまえを守ってやるためだ」

「はいはい」

鹿取は、左に視線をやった。

住宅街の一ブロック先に三好組の車が停まっている。

三好に電話をかけて、クルーザーをいつでも動かせるよう手配を頼んである。一年前になるか、神奈川県警の螢橋と連携し、ある刑事を船上で締めあげた。

赤坂で公安総務課の大竹課長を挑発して三日が経った。大竹がなんらかの策を講じると思ったのだが、大竹には動く気配がない。三好組の周辺に危険を感じさせる兆候も見られない。もしかすると、弱みを握られている児島が標的にされるかもしれないとの危惧もあったが、いまのところ児島に圧力はかかっていないようだ。

いずれにしても、捜査が長引けばそれだけ不利な状況に追い込まれるだろう。

南青山の事件の背景に大竹がいるのはあきらかだ。その大竹に迫り、事件の核心に近づくには、大竹の飼い犬の青山署刑事課の森下課長を攻め落とすしかない。

そういう結論に至った。

鹿取は、だんどりを済ませたあと、けさから児島に森下を見張らせていた。

いま、森下は女の部屋にいる。

時刻はまもなく午前零時になるところだ。

「おまえは階段の下に潜んでろ」

言いながら、鹿取は前方を指さした。

アパートは二階建てで、路地角に外階段がある。

「俺が指示するまで勝手に動くなよ」

「でも、四方に道があります。逃げられたら面倒ですよ」

「そのときは撃つ」

児島がおおげさに首をすくめ、階段のほうへむかった。

鹿取は、もう一度腕時計を見て、腰の拳銃をぬいた。

二階の端のドアが開き、あかりがこぼれでた。

人影が二つ。逆光のうえ、ひとりはハンチングを被《かぶ》っているので面相はわからないが、森下と情婦なのは間違いない。

ドアが閉まり、森下が階段を降りる。

地面に足をつけたところで、鹿取は前に進んだ。

「おい、森下っ」

鹿取の声に、森下の動きが止まった。

しかし、それは一瞬であった。

鹿取がさらに距離を詰めようとした瞬間、森下が脱兎《だつと》のごとく駆けだした。

飛び出た児島があとを追う。

森下は、アパートの前を走り去り、片岡が乗る車とは逆方向へ逃げて行く。

児島が必死の形相で追いかける。

つぎの路地角の手前で、森下が体を傾け、路地を曲がろうとした。

そのときである。

闇夜に銃声が轟いた。

森下がうしろに跳ねるようにして尻餅をついた。

「あっ」

ひと声発した児島が森下に駆け寄る。

鹿取は、児島と森下をちらっと見たあと、前に進んだ。

路上にひろがる淡いあかりのなかに人影がある。

「でてきやがれ」

鹿取は立ち止まって銃を構えた。

影が動き、男があらわれた。

「あやうく金星を逃すところだったな」

強行犯一係の吉川がにっと笑った。

鹿取は、左手の親指をうしろにむけた。

「あいつを見張ってたのか。それとも、俺を尾けてやがったか」

「もちろん、あんただ。どうにも気になってな」

吉川が鹿取のうしろを覗くようにして、言葉をたした。

「あいつ、何者だ」

「とぼけるな」

「えっ」

「てめえ、だれかわからずに発砲するのか」

「とっさだ」

「いつも拳銃を持ち歩いてるのか」

「おまえだって……そんなことはどうでもいい」

吉川が近づこうとする。

鹿取は、それを拳銃で制した。

「どうして撃った」

「危険を感じたからだ」

「あいつは凶器を持ってねえぜ」

「どうしてわかるんだ」

鹿取は鼻で笑った。

「公安部の大竹に命令されたか」

「なんだと」

「銃を渡せ。へたなことは考えるなよ。俺だって簡単に人を撃てるぜ」

吉川の手から拳銃を奪った。

「ほう。ニューナンブか。例のオートマチックは始末したのか」

「な、なんの話だ」

吉川の声がひきつった。顔はあきらかに強張《こわば》っている。

「てめえが殺ったんだろう」

「犯人はあいつ……」

吉川が倒れた森下を指さしたとき、声が響いた。

「俺は殺ってない」

吉川の口から「あっ」と声がもれた。

また、うしろから声がした。

「鹿取……」

「なんだ」

鹿取は吉川を見たまま言った。

「これでわかったろう。俺は大竹におどされて……」

「じゃかましい」

鹿取はふりむきざま、怒鳴った。

「あぶない」

児島が声をあげた。

鹿取は、反射的に引金を絞った。

銃声が二発、闇を裂いた。

視線を戻した先、吉川がくずれるように膝をつき、顔面から地面に倒れた。

「自分までだますなんて……もう、鹿取さんは信用できません」

児島がぼやきまくる。

おとといの発砲事件のあと、鹿取は丸二日、監察官室に閉じ込められた。

しかし、それは懲罰を前提とした訊問ではなくて、鹿取を捜査本部から隔離するための措置なのはすぐにわかった。捜査一課の星野理事官が立ち会ったからだ。しかも、訊問はもっぱら拳銃の所持および使用に集中した。

おとなしく沙汰を待て。

そう告げられて解放され、きょうの夕刻、児島を呼びだした。

いま、赤坂のステーキハウスの個室にいる。

「おまえをあぶない目に遭わせるわけにはいかなかった」

「どうあぶないのか、ちゃんと説明してください」

「俺は大竹にゆさぶりをかけたのだが、あの野郎、誘いに乗らなかった。それで、青山署の森下に狙いを定めた」

「森下がよく協力しましたね」

「やつなりに考えたんだろう。一生、大竹の情報屋で我慢するか、俺に賭《か》けるか……もっとも、ちょっとばかり痛めつけた効果もあったかもしれんが」

森下はあの前夜も女のアパートを訪ねた。

部屋に入る寸前で攫い、大竹との腐れ縁を白状させた。大竹には、青山署の捜査会議で大竹の描いた絵図どおりに誘導するよう命令されたらしい。ところが、失神寸前まで痛めつけても射殺事件の関与は否定し、思いあたる者もいないと言い張ったのだった。

「まったく……それで、森下は防弾チョッキを着て囮《おとり》になった」

吉川が撃った弾は心臓を直撃していた。

「犯人が吉川なら間違いなく心臓を狙う。やつの射撃の腕前はピカ一と聞いた」

「早くから吉川をうたぐっていたのですか」

「あいつも詰めがあまい。俺に連携を持ちかけたくせに、そのあとでそれらしい動きは見せなかった。しかも、捜査会議での茶番だ。うたぐりたくもなるさ」

「それで、得意のアンテナを使って調べた」

「まあ、そんなところだ」

「大竹課長とつながってるのが判明したのですね」

「正確には、ある組織をつうじて、二人はつながってた」

「その組織は……」

「おまえは知らんでいい」

「そればっかり」

「ひとつだけ、おしえてやる。伊藤の将来に危機感を持つ者、いや、組織がいた」

「本人は宮沢親子と縁を切っていたのに」

「権力やカネに執着する者に、不安の種は尽きないもんさ。前におしえたとおり、伊藤は政官財に太いパイプを持っていた。そんなやつが日本極楽党から出馬し、国会議員になれば、日本極楽党はおおきく飛躍するだろう」

「公安部はそれを恐れてた」

「公安部以上に危機意識を持つ組織がある」

「あっ」

児島が眼を見張った。

「わかりました。光衆党ですね。光衆党の誰かが殺害を指示したと考えてるのですか」

「断言はできん。だが、一度でも権力の味を知った者は、その力をおびやかされることを極度におそれる。その恐怖心が脅威の芽を摘むことに踏み切らせたのだと思っている。大竹は光衆党の西原幹事長と昵懇《じっこん》の仲だ。大竹本人も身内も光心会と光衆党に縁がなかったので、ミイラ取りがミイラになったんじゃないかな」

「吉川はどうなのです」

「あいつはカクレ光心会だ。それも、熱心な。むろん、大竹はそれを知っていた。盲目的に信じることになれてしまうと、己の頭で判断することができなくなってしまう。忠実に従うことで快感すら覚えるようになるし、そうすることで忠誠心を示そうとする」

「そんな……」

「俺は公安刑事のころ、そんな連中を何人も見た」

「大竹課長はそういう人間の弱味をついたのですね」

「たぶんな」

「大竹課長にまで捜査は及ぶのでしょうね」

「桜田門に期待するな。いま大騒ぎしてるマスコミ連中もおなじだ。やつらが情報を集めて核心部分にふれるようなことがあれば、その時点でつぶされる」

「ばかな」

児島が口元をゆがめた。

「いずれにしても、吉川は殺人の実行犯にすぎん」

森下に自白させたあと、公安総務課の酒井に連絡し、鹿取が森下を狙っているとの情報を流させた。酒井のニセ情報を耳にした大竹が吉川に指示を飛ばした。

いまはそう読んでいる。

気がかりなのは酒井の立場だが、さほど心配はしていない。鹿取が森下を襲撃したのは事実で、それを酒井は目撃したはずである。その事実を報告し、森下が酒井の報告を裏付ける証言をすれば、酒井への疑念は晴れる。

「これから先の取り調べ、気が重くなってきました」

「おまえは訊問にかかわるな。火の粉が飛んでくるぞ」

児島がため息をこぼした。

そこへコックが入ってきて、ステーキを焼きはじめた。

児島が赤ワインを飲んでから、口をひらいた。

「女房が実家に……義父がむりやり連れ帰ったのですが」

「喧嘩しなくて済むじゃないか」

「問題が解決したわけじゃありません」

「なんとかなるさ」

「いいかげんな……」

児島の口調は歯切れが悪い。

「なんとかならなきゃ、それでお仕舞いよ。そういうもんだ」

「ほんと、鹿取さんは気楽でうらやましい」

「先は地獄か、天国か……どっちにしても、しばらくは独身てわけだ。楽しめ。俺がとことんつき合ってやるぜ」

「けっこうです。それこそ、地獄に墜ちるのが眼に見えてますから」

コックが笑いをこらえるような顔で立ち去った。

代わりに、三好組の三好義人がやってきた。

「はずんでるようですね。児島さんの声があかるい」

「とんでもない。鹿取さんにいじめられてたのですよ」

「それが鹿取さんの愛情表現なのでしょう」

三好が笑顔で返し、児島のとなりに座った。

鹿取は、三好に眼で催促した。

即座に三好が応じる。

「おとといの手術は成功しました。順調に回復してるようです」

「なによりだ」

「もうひとつのほうはかんばしくありません」

「時間が解決してくれるさ」

鹿取は、感情を抑えて言った。螢橋の捜索が難航してるのは安西に聴いている。

児島が割り込む。

「なんの話をしてるのですか。だれが病気なのですか」

「三好の身内だ。それより、はやく食え。食って、元気をつけて、ぱっと行こう」

児島が箸を手にした。

三好がやさしいまなざしで児島を見つめる。

鹿取は、三好のグラスにワインを注いでやった。

《昨夜はどうして、わたしに声をかけなかった》
田中の声は本気で怒ってるふうに感じられた。
頭が割れるように痛いせいかもしれない。昨夜は飲みすぎた。
たったいま、電話で起こされた。
どう応えればいいのか、判断がつかず、間が空いた。
《児島がいても一向にかまわんのだよ》
「酒癖が……」
《それもわかってる。女がその気になっても、酔いつぶれるそうだね》
「そんなことまで……」
《わたしはそんなにこわいのだろうか》
「えっ」
《聴きたくない情報まで入ってくる》
鹿取は、ぐるぐる首をまわし、手のひらで側頭部を打った。よけいに頭が痛くなる。テーブルのペットボトルの水をがぶ飲みし、煙草を喫いつける。
《どうだ。眼が覚めたかね》
「はい。なんとか……」

応えながら、周囲を見渡した。間違いなく自分の部屋だ。
《君の働きに応えられない結果になりそうだ》
「大竹の処分はないということですか」
《吉川が死んでしまったからね》
「すみません。二十二口径なのに、近すぎたうえに、あたりどころが悪すぎました」
《謝ることはない。君が殺されなくて、よかった》
ほぼ相撃ちだった。鼓膜には銃弾が傍らを飛んだ音が残っている。
《大竹の教唆を示す証拠はなにもでてこない。青山署の森下は、自分が大竹の情報屋であったのは認めたが、殺人そのものの関与は強く否定してる》
「そういう計画があるのさえ知らなかったのだと思います。公安部の連中は、事案や目的によって情報屋を使い分けますから」
《わたしは、大竹と吉川の連携そのものに疑念を感じている》
「…………」
鹿取はでかかった言葉をのんだ。
大竹は単に伝達者ではなかったのか。
己の推測を田中にぶつけたい思いはあるが、ためらう気持ちがまさった。
頭のなかにはこのひと月の推測と事実が無数の塵《ちり》になってうかんでいる。

これ以上かかわりたくないことばかりだ。
《わたしとの連携は継続するのだろうね》
「その前に、おしえてください。ホタルは光心会を的にかけているのですか」
《君の返事が先だ》
「いえ。自分の質問に応えてください」
吐息が洩れ聞こえた。
「ホタルがあなたの指示で動き、姿を消しているのであれば、引き続きやります。いや、やらせていただきます」
鹿取は、刃向かうような口調で言った。
今回の事件は、おそらく序章なのだ。それも、闇のほんの一端を覗き見たようなものにすぎないだろう。螢橋が単身で闇に潜っているとすれば、ほうってはおけない。自分の気持ちもだが、三好の心中を思えばなおさらである。
しばしの間が空き、声が届いた。
《頼む》
「それはホタルが……」
《また、連絡する》
田中が早口で言い、一方的に電話をきった。

鹿取は、しばらくぼんやりしたあと、ソファから起きあがった。上着が肩にたれている。脱ぐ途中でソファに倒れ込んだらしい。

レコードをプレイヤーに載せ、棚のボトルを手にした。

『ビー・マイ・ベイビー』が流れる。

岡村由乃の顔がうかんだ。輪郭はちいさくなり、艶のある眼が残った。

ラフロイグをストレートであおる。

琥珀色の液体が咽を焼き、二日酔いでヘトヘトの胃をあわてさせた。


本書は書き下ろしフィクションです。

登場人物、団体名等、全て架空のものです。

解説　浜田文人さんのこと

杉山正人

月に一度のわりで、都内某所の呑《の》み屋に三々五々、浜田文人さんの知人が集まる。『浜田組』の定例夜会である。

浜田組長は酒を呑まない。呑めない体質なんだそうだ。コーヒーカップを傾けながらいつもニコヤカに組員たちの駄弁をきいている。

表では出版社役員の顔をもつS若頭、高名なデザイナーであり実は大阪の夜の帝王T叔《お》父貴《じき》をまんなかに六、七人の楽しい夜会である。その末席を汚させてもらっている。

ある晩、野球賭博《とばく》が話題になった。S若頭もT叔父貴もなうてのギャンブラーである。種目は主に麻雀《マージャン》なのだが、いったんご開帳となると二日はうちつづける。組長をふくめて三人とも還暦デコボコ、アラ還雀士のやることではない。元プロ雀士だった組長の勝率をきいてみると、若頭も叔父貴も相当な腕前なのはたしかである。

ちょうど大相撲の野球賭博が世間をにぎわしているころだった。親方と大関がクビになった騒動をテレビや新聞がさかんにとりあげていた。その報道に問題あり、とS若頭が口火をきった。

「相撲界がどうなろうと知ったこっちゃないが、肝心の野球賭博そのものがどんなものか、ちっともふれてないじゃないか。単なる試合の勝ち負けに賭《か》けるものなのか、点差が関係するのか、読者はそこんとこを一番知りたい、と思うのだが」

たしかに関東では、野球賭博が日常の話題にのぼることはない。競馬、競輪、せいぜい競艇までである。S若頭は東北出身だときいている。世間の裏表にわたっての博識ぶりにいつも感心させられるのだが、野球賭博はファイルされていなかったらしい。

「関西ではあたりまえの賭け事やからなァ。いまさらなんで騒がれるのか、そのほうが驚きやな、なァ、組長」

T叔父貴も浜田組長も関西者である。野球が賭博になるのは「オテントサンが東からのぼるのと同じこと」だとおっしゃる。そういえば浜田組長の半自伝といってもいい青春小説『臆病者』でも野球賭博が重要な役割をはたしているし、『捌き屋』の鶴谷康の親友であり『若頭補佐白岩光義　東へ、西へ』において特異な存在感をしめした関西極道白岩光義の初登場も野球賭博がらみだった。胴元をやっている若い者が「客につける資金が足らんと、わいに泣きついてきよる」ために小遣い不足となり、鶴谷から三百万円借りる場面であった。

「プロ野球だけやない、高校野球はもちろん河原でやる草野球かて賭けになってますやろ。人間、勝ち負けのあるもんならなんでも賭けますがな。大相撲が神事かなんか知らんけど、相撲そのものが賭けになってます。賭けでクビになったら相撲取りなんてたちまちいなくなってしまうとちゃいますのん」

T叔父貴がいつになく饒舌《じょうぜつ》なのは、クビになった大関への同情からだろう。勝負事と賭けは一心同体である。サッカーに賭けてもよくて、なんで野球はあかんのか。野球賭博を公認しさえすれば、下降気味の野球人気もいっきに盛り返すことうけあいである。

そのとき浜田組長が静かに口をひらいた。

「なぜ賭け事にはまってしまう人がいるのか、ぼくの敬愛する阿佐田哲也さんのエッセイにこんなくだりがあります」

と、カバンの中から文庫本をとりだし、赤い傍線のひいてあるページをひらいた。

《私は普通の場所で他人と当然の交際ができず、交際しなくとも接触が生じる博打場《ばくち》でしか世間の空気を吸えなかった。その眼《め》でみれば博打場だって世間そのものであり、ただ普通人には、世間をのぞくために、わざわざ博打場に行く必要が生じないだけである》

浜田ファンならごぞんじだろうが、組長は二十歳代の数年間、裏社会の賭場《とば》に出入りしていたことがある。そこで、ホンモノの極道に可愛《かわい》がられながら、博打にのめりこんでいく男たちをまのあたりにした。負けが込んで家、屋敷をうしなった商店主、それでも払いきれず六甲山中に拉致《らち》された男。賭け事に魅入られ、賭場でしか吸えない空気がなければ生きていけない男たちがいることを知った。

「だから、くだんの親方も大関もそんな人だったんだろうな、と」

妙になつかしそうな目をした組長に、おそるおそるきいてみた。

「組長もむかし野球賭博をなすってたんですか」

するとと、照れくさそうに笑いながら、

「ええ、呑み屋をやるくらい博打で稼いでいたころハマリまして……三億円くらい負けましたか、もっていた店をすべて失《な》くして、それでもまだ足りませんでした」


極道白岩光義、捌き屋鶴谷康、そして『柵』や『CIRO』の名脇役古賀青児、裏社会で生きる男たちを描くとき浜田組長の筆はさえわたる。決して表にでない男たちのなかにこそ、男の生き様の芯棒《しんぼう》をみているからだと思う。そんな芯棒を一般社会でみつけようとしたとき作品の舞台を『公安捜査』にしたのは当然の帰着だったようだ。

公安刑事という職業がどんなものか組長の初期作品『公安捜査』シリーズで知った。

「公安刑事のなかには、退職するまで警視庁公安部や各道府県警察本部の警備部公安課に籍を置かない連中もいる。かれらは在籍する部署の仲間たちばかりか、家族さえも欺いているのだ。裏切らねばならない同僚や家族がいない自分はまだましであった」

と、『公安捜査』の主人公ハマのホタルこと蛍橋政嗣はつぶやいている。ホタルの絶望的なまでの孤独な捜査は、多くの読者を魅了しつづけてきた。『新公安捜査』シリーズをもふくめて浜田作品の主柱をささえる主人公であった。

ところが、本作品『隠れ公安』において浜田組長はとんでもないことをしている。ハマのホタルを消してしまったのだ。神奈川県警の上司や同僚はその行方を知らず、携帯電話も通じず、ホタルの畏友警視庁捜査一課の鹿取信介や児島要ですら消息をつかめない。

そして本編は、鹿取信介を主人公にしてその物語を展開してゆく。

このコペ転について、浜田組長は多くをかたらない。

「警察組織をしっかり描こうとするとき、主人公はホタルより鹿取信介のほうがふさわしくなってしまった」

とだけ、かろうじて口にしただけだった。

本編の骨格の中心は、捜査会議である。どう描いても地味な会議を通じて、鹿取や同僚の児島要、はたまた警視庁の上層部の連中までもふくめて、それぞれの生きる芯棒をうきぼりにしようとしていて、その試みはみごとに成功している。己の信じるものに殉じる爽《そう》快《かい》感が小説の醍醐味《だいごみ》のひとつだとしたら、浜田文人の警察小説はこの『隠れ公安』でもうひとつ本格化したのではないか。

というような青臭い感想を申し上げると、浜田組長はまた照れくさそうに笑った。

「会社のデスクにはいつもいないし、出世欲がないから上司に平気でたてをつく。でも、仕事はちゃんと、文句のつけようがなくこなしている。多くのサラリーマンの夢の姿じゃないですかね。桜田商事という特殊な会社のなかですが、鹿取信介にその夢を託していただければうれしいかな」
己で己の尻を拭《ふ》く覚悟で生きている男たちの孤高の世界、浜田作品にまたひとり楽しみな主人公が登場した。

さて『浜田組』の夜会も宴たけなわになってきた。S若頭とT叔父貴ははやくも今夜の麻雀の相談をはじめている。そこに呑み屋のママJ姐御《あねご》が乱入してくる。この夜会ではいくどとなく見慣れた光景のゆきつくところは、カラオケのはじまりである。浜田組長は酒を呑まないが、酒席はこよなく愛している。声を荒らげることもなく、酒場の若い娘さんたちにはほどよくやさしく、豊富な話題は人をあきさせない。ただひとつだけ困ったことがあるとすればカラオケである。一度マイクを握ると放さない人格の持ち主なのだ。歌はうまい。甘い高音がムード歌謡によくあう。といっても限度というものがあろう。他の客が帰り、店の娘さんたちもいなくなり『浜田組』の面々だけになる。まずいことにJ姐御は、客にとことんつきあう女丈夫である。
今夜も夜会がおわるころには、おそらく、始発電車が動き出していることだろう。

（すぎやま・まさと／友）

Haruki Bunko
ハルキ文庫

は 3-11

隠《かく》れ公安《こうあん》 S1S《エスワンエス》強行《きょうこう》犯《はん》

著者 浜田《はまだ》文人《ふみひと》

2010年11月18日第一刷発行

発行者 角川春樹

発行所 株式会社角川春樹事務所
〒101-0051東京都千代田区神田神保町3-27二葉第1ビル

電話 03(3263)5247(編集)
03(3263)5881(営業)

印刷・製本 中央精版印刷株式会社

フォーマット・デザイン 芦澤泰偉
表紙イラストレーション 門坂 流

ISBN978-4-7584-3512-3 C0193 ©2010 Fumihito Hamada Printed in Japan
http://www.kadokawaharuki.co.jp/[営業]
fanmail@kadokawaharuki.co.jp[編集] ご意見・ご感想をお寄せください。